OPFER

DES

DRACHEN

Gezeichnet vom Drachen Buch 5

AUCH VON RICHARD FIERCE

DRACHENREITER VON OSNEN

Probe durch Zauberei
Ein Bindung des Feuers
Aufruf der Krieger
Die Münze der Seelen
Flügel des Terrors
Augen aus Stein
Zahn und Klaue
Der Diener der Seelen
Rauchschleier
Der Schurkenreiter
Das Lied der Knochen
Klinge und Thron
Gezeiten der Dunkelheit
Zorn und Untergang
Grab der Eide

OPFER DES DRACHEN

Gezeichnet vom Drachen Buch 5

RICHARD FIERCE

IMPRESSUM

Titel: Opfer des Drachen
Autor: Richard Fierce
Übersetzung: ScribeShadow
Umschlaggestaltung: Richard Fierce
Satz: Richard Fierce
Verlag: Dragonfire Press
DieOriginalausgabe erschien 2021 unter dem Sacrifice of the Dragon
©2024 Richard Fierce
Alle Rechte vorbehalten.
Autor: Richard, Fierce
73 Braswell Rd, Rockmart, GA 30153 USA,
Richard.Fierce@yahoo.com
ISBN: 979-8-89631-044-0

Dieses Buch wurde mithilfe einer Software übersetzt. Wenn Sie Fehler finden, kontaktieren Sie mich bitte und informieren Sie mich darüber.

Dragonfire Press

1

Die Luft war heiß und trocken, und Mina schirmte die Sonne von ihren Augen ab, während Gedrith über Die Langen Sande flog. Am Rande des Gebiets der Enklave war ein Sandwyrm gesichtet worden, und als Teil ihrer fortgesetzten Ausbildung waren die beiden damit beauftragt worden, das Gebiet zu erkunden.

Mina beobachtete die Sanddünen und suchte nach den verräterischen Zeichen, die die unterirdische Bewegung des Ungeheuers ankündigten. Sie hatte in den zwei Wochen seit dem Fall von Velbridge viel gelernt, und dennoch konnte sie das Gefühl nicht abschütteln, dass sie immer noch zu schlecht ausgerüstet war, um eine Drachenreiterin zu sein.

»Da ist es!«, rief Areg und zeigte mit dem Finger. Er stand im Sattel hinter ihr, seinen Arm an ihrem Kopf vorbei ausgestreckt.

Sie folgte seinen Fingern zum Boden und sah es deutlich. Eine Wölbung in den Dünen, die sich hob und senkte, sich von Seite zu Seite bewegte, wie eine riesige Wüstenschlange. Mina schluckte hart und biss die Zähne zusammen.

Siehst du es?, fragte sie Gedrith.

Ja.

Was denkst du, was es hier macht?

Ich weiß es nicht, aber es spielt keine Rolle. Wir müssen es töten.

Mina hatte befürchtet, dass er das sagen würde. Ihre einzige Begegnung mit Sandwyrmen war erschreckend gewesen, und damals hatten sie die Hilfe vieler Drachen gehabt.

Sollten wir die anderen alarmieren?

Dafür ist keine Zeit. Wenn wir gehen, könnte es entkommen.

Ist das schlimm?

Der einzige gute Sandwyrm ist ein toter Sandwyrm, brummte Gedrith.

Der Geruch von Orchideen erfüllte ihre Nase, und sie wusste, dass er von ihrer Angst und ihrem Zögern enttäuscht war. Sie ignorierte den Drang, sich zu entschuldigen.

Wir müssen es an die Oberfläche locken, sagte sie.

Ohne eine Antwort zu geben, stürzte Gedrith steil nach unten. Areg klammerte sich an ihre Schultern und hielt sie fest mit seinen kleinen Händen. Trotz seiner winzigen Größe war er viel stärker, als er aussah. Die Luft peitschte an ihnen vorbei, zog an ihren Haaren und ließ ihr Hemd wild flattern. Die trockene Luft brannte in ihren Augen, und sie beugte sich vor und kniff die Augen zusammen.

Als der Boden nur noch wenige Meter entfernt war, zog Gedrith hoch und richtete sich aus. Er nutzte seine massiven Flügel, um die Luft einzufangen und seinen Abstieg zu verlangsamen. Er glitt über den sich verschiebenden Sand und zog seine Hinterkrallen tief hinein. Als er das Fleisch des Wyrms erwischte, erschütterte sich Gedriths Körper kurz, aber es war genug Kraft, dass Areg gegen Mina prallte und die beiden von Gedriths Rücken fielen.

Mina keuchte überrascht und vor Schmerz auf, als sie die Düne hinunter rollte. Als ihr Körper aufhörte zu rollen, setzte sie sich auf und spuckte Sand aus ihrem Mund. Ein Blick auf sich selbst offenbarte keine Verletzungen, aber sie würde wahrscheinlich morgen

Schmerzen haben. Schwankend stand sie auf und sah sich nach Areg um. Der Elf war ein Dutzend Schritte entfernt, bereits auf den Füßen mit gezogenem Schwert.

Bist du verletzt?, fragte Gedrith.

Er flog über sie hinweg, sein Schatten verdunkelte kurzzeitig die Sonne.

Ich glaube nicht. Wo ist der Wyrm?

Geh auf die Spitze des Hügels.

Seine ausbleibende Antwort verriet ihr, dass sie in Gefahr waren. Sie rannte den Hügel hinauf, pumpte ihre Beine heftig, aber der Sand zog an ihren Stiefeln und verlangsamte sie. Areg raste an ihr vorbei, seine kleinen Füße streiften den Sand so leicht, dass er kaum Fußspuren hinterließ. Wenn alle Elfen so wendig wären, wäre es ein Wunder, dass nicht nur sie sich mit Drachen verbinden durften. Andererseits war er der einzige Elf, den sie je gesehen hatte, was seltsam war.

Als sie die Spitze des Hügels erreichte, war ihre Haut schweißnass und sie hatte Mühe, ihr Schwert aus der Scheide an ihrer Seite zu ziehen. Der Boden bebte unter ihr, und der Sand vibrierte, was dazu führte, dass sich winzige Erdrutsche die Düne hinunter ergossen. Einen Moment später tackelte Areg sie und warf sie flach auf den Rücken.

Bevor sie ihn fragen konnte, brach der Boden, auf dem sie gestanden hatte, auf. Der Kopf des Sandwyrms, sein Maul weit geöffnet, brach hervor und überschüttete sie und den Elfen mit Sand und Speichel. Areg hatte ihr Leben gerettet. Sie rappelte sich auf die Füße und zog ihr Schwert.

»Danke«, keuchte sie.

Areg nickte und wandte sich um, um den Weg des Wyrms zu beobachten. Mina tat es ihm gleich. Das Biest setzte seinen Weg die andere Seite der Düne hinunter fort und verschwand wieder unter dem Boden, obwohl die Wölbung, die es hinterließ, ein klares Zeichen dafür war, wohin es ging. Es machte eine weite Kurve und kehrte zurück.

»Was sollen wir tun?«, fragte sie, während die Panik drohte, ihren gesunden Menschenverstand zu überwältigen.

»Töten«, antwortete Areg einfach und lächelte.

»Wie?«

Der Elf schüttelte seine Klinge.

»Ja, mit einem Schwert, offensichtlich. Ich meine, *wie* töten wir es mit einem Schwert? Was genau muss ich durchstechen?«

»Herz«, sagte er.

Mina erinnerte sich an Gedriths Worte aus ihrem Kampf mit dem Wyrmkönig.

»Es ist von Knochen und Muskeln umgeben, wie soll ich es also durchdringen?«

»Nein, nur Wyrmkönig. Das leicht.«

Bei Minas finsteren Blick zuckte Areg mit den Schultern. »Leichter«, stellte er klar.

Als der Elf den Wyrmkönig getötet hatte, war er von der Kreatur verschluckt worden. Der einzige Weg, sie zu töten, war von innen. Mina schauderte bei dem Gedanken.

»Ich werde seine Aufmerksamkeit auf mich ziehen, und du gehst rein und tötest es«, sagte sie.

Areg schüttelte den Kopf. »Du.«

»Ich? Nein, ich kann das nicht.«

»Kannst. Atem anhalten. Herz erstechen. Leicht.«

Mina beobachtete die Schwellung im Sand, als sie sich näherte, und ihr dämmerte die Erkenntnis. Dies war Teil ihres Trainings, ein weiterer Test ihrer Fähigkeiten und dessen, was sie gelernt hatte. Warum hatte Gedrith sie nicht gewarnt?

»Wenn es so einfach ist, warum hast du mich dann aus dem Weg gestoßen?«

»Nicht vorbereitet. Falscher Platz.« Areg deutete mit seinen Händen an, dass sie von der Kreatur zerstückelt worden wäre. Das Zittern des Bodens lief Minas Beine hinauf und lenkte ihre Aufmerksamkeit zurück auf den sich nähernden Wyrm. Es war Zeit, aufzuhören, sich selbst in Frage zu stellen. Sie war keine Sklavin mehr, sondern eine Drachenreiterin.

Die erste Drachenreiterin seit tausend Jahren. Die einzige *wahre* Drachenreiterin.

Mina umklammerte den Griff ihres Schwertes fest und schob die Angst beiseite. Die Wölbung im Sand kam direkt auf sie zu. Sie zentrierte sich darauf und musste sich selbst anschreien, nicht zu fliehen. Der Wyrm brach durch die Oberfläche des Bodens, und die Zeit schien stillzustehen. Das Maul der Kreatur öffnete sich und offenbarte einen Strom von Speichel, der auf den Sand tropfte.

Die Zeit kehrte zur Normalität zurück, und Mina hob ihr Schwert vor sich, stürzte sich nach vorne in das Maul des Wyrms. Es verschlang sie und tauchte sie in feuchte Dunkelheit. Sie rannte blindlings vorwärts und hielt den Atem an, wie Areg es ihr beigebracht hatte. Die fleischigen Wände im Inneren des Wyrms pulsierten und zogen sich um sie zusammen. Ihre Lungen brannten intensiv, und sie fürchtete zu ersticken.

Wo ist das Herz? rief sie aus.

Du wirst es erkennen, wenn du es siehst, antwortete Gedrith. *Mach weiter.*

Mina zwang sich, einen Fuß vor den anderen zu setzen und hackte dabei auf das Innere des Wyrms ein. Falls das Geschöpf dabei Schmerzen empfand, konnte sie es nicht erkennen. Ihre Brust verengte sich und das Brennen in ihren Lungen war fast unerträglich. Warum musste sie überhaupt den Atem anhalten?

Sie keuchte und holte tief Luft. Der faulige Geruch von Verwesung überfiel sie und sie verstand, warum Areg ihr gesagt hatte, nicht zu atmen. Es trieb ihr die Tränen in die Augen, aber sie spürte etwas Pulsierendes vor sich. Es war mächtig, und sie nahm an, dass es das Herz war. Noch ein paar Schritte vorwärts, und ein rötlich-rosa Licht wurde sichtbar. Das Licht pulsierte im Einklang mit den Vibrationen und ließ keinen Zweifel daran, dass es tatsächlich das Herz des Wyrms war.

Mina richtete die Spitze des Schwertes auf das Licht und spreizte ihre Füße, um sich zu wappnen. Sie stieß die Klinge mit all ihrer Kraft hinein. Sie schnitt mühelos durch die Fleischschichten, und das Schwert versank bis zum Griff. Der Wyrm erzitterte um sie herum, und sie bemerkte, dass das Geschöpf abrupt zum Stillstand kam.

Die Tat war vollbracht, und nun musste sie entkommen. Sie erinnerte sich, dass Areg sich aus der Seite des Wyrmkönigs herausgeschnitten hatte, und so begann sie, auf die fleischige Wand zu ihrer Linken einzuhacken. Warme, feuchte Flüssigkeit bedeckte ihre Arme, und sie nahm an, dass es Blut war. Ihren Ekel ignorierend, schwang sie das Schwert immer und immer wieder, bis Tageslicht sichtbar wurde und sie auf den Sand hinausplatzte. Aus dem Augenwinkel sah sie Areg den Dünenhang zu ihr herunterlaufen.

»Geschafft!« rief er triumphierend. »Geschafft!«

Ein Schatten huschte über sie hinweg und einen Moment später landete Gedrith in der Nähe, seine mächtigen Schwingen wirbelten den Wüstensand auf. Mina ließ ihr Schwert fallen und sank auf die Knie, bedeckt mit Blut und anderen Dingen, über die sie lieber nicht nachdenken wollte.

Sehr gut, sagte Gedrith. *Du hast die letzte Prüfung der Enklave bestanden.*

Mina schwieg einen Moment lang, ihre Gedanken ein wirres Durcheinander. Sie blickte vom Drachen zu Areg, dann wischte sie sich einige Eingeweide von der Wange.

»Ich brauche ein Bad«, schnaufte sie.

2

Sonnenlicht sickerte durch das schmale Fenster an der Decke in die Zelle. Es war das Einzige, was den Lauf der Zeit markierte. Caden benutzte die Kante seiner rechten Fessel, um eine Linie an die Wand zu kratzen. Sie gesellte sich zu den dreizehn anderen, und er starrte schweigend auf die Striche. Es war zwei Wochen her, seit Mina ihn hier zum Verrotten zurückgelassen hatte, aber es fühlte sich viel länger an.

Mit Lireths Abwesenheit in seinem Geist war es, als hätte sich ein Nebel gelichtet. Seine Gedanken fühlten sich wie seine eigenen an, und es war ein seltsames Gefühl. Es war fast so, als würde er die Dinge zum ersten Mal erleben, obwohl er wusste, dass das nicht stimmte. Hatte Lireth die Kontrolle über seine Gedanken übernommen, oder fühlte er sich nur so wegen der Entfernung, die sie trennte?

Es war unmöglich zu sagen.

Ersteres würde erklären, warum Mina sich gegen ihn gewandt hatte, aber es war ihr Drache, der böse war. Oder etwa nicht? All das ließ seinen Kopf pochen, und er schob die Gedanken beiseite. Ein Wächter musste irgendwann das Frühstück gebracht haben, denn eine Holzschüssel voller Suppe stand auf dem Boden nahe der Zellentür. Caden kroch über den Boden und griff danach, hob die Schüssel an seine Nase und schnüffelte an ihrem Inhalt.

Es war ein süßes, erdiges Aroma, und er konnte Noten von Sellerie und Karotten riechen. Das Essen war besser als nichts, aber er sehnte sich nach Eiern, frischem Brot und Fleisch. Er trank die Suppe aus und verzog das Gesicht. Sie war kalt und der Geschmack war fade. Wer auch immer das Essen kochte, hatte keine Ahnung, was er tat.

Etwas *klirrte* gegen die Gitterstäbe des Fensters, und Caden blickte auf. Nichts war zu sehen. Er hatte Lireth bereits verloren. Verlor er jetzt auch noch den Verstand? Eine dunkle Gestalt flog am Fenster vorbei, und einen Moment später hallte ein dumpfer Schlag in die Zelle. Caden erhob sich und hielt den Atem an. Er konnte gedämpfte Stimmen auf der anderen Seite der Wand hören, konnte aber ihre Worte nicht ausmachen.

Er machte ein paar Schritte näher zur Wand und erstarrte, neigte den Kopf zur Seite und lauschte angestrengt.

»Gib es mir, du Narr. Es ist nicht so schwer.«

Caden blickte wieder zum Fenster, gerade rechtzeitig, um zu sehen, wie ein dünner, zylinderförmiger Gegenstand durch die Gitterstäbe kam. Bevor er daran denken konnte, auszuweichen, traf es ihn quer über sein rechtes Auge. Er fiel mit einem schmerzerfüllten Keuchen auf den Rücken und presste seine Hand auf sein Gesicht. Es blutete nicht, aber es brannte wie Feuer.

Er setzte sich auf und sah sich um. Der Zylinder war gegen die Wand gerollt. Er griff danach und hob ihn hoch, zuckte zusammen, als ein Schmerzblitz nahe seinem Wangenknochen ausbrach. Der Schmerz ließ zu einem dumpfen Pochen nach, und er fuhr mit den Fingern über das glatte Holz. An der Spitze war ein Deckel. Er zog ihn ab und sah hinein, um ein aufgerolltes Pergament zu erblicken. Er schob seinen Finger hinein, fischte es heraus und entrollte es. Es standen nur fünf Worte darauf geschrieben:

Geh zurück von der Wand.

Caden legte den Brief und den Behälter beiseite und massierte sein Gesicht, während er von der Wand zurückrutschte. Wer war da draußen? Und was wollten sie? Ein mahlendes Geräusch erfüllte die Zelle, und die scharfe Kante eines Metallwerkzeugs riss durch die Steinwand. Es schnitt eine grobe quadratische Form, und jemand auf der anderen Seite schob die Steine in die Zelle. Tageslicht flutete durch die Öffnung und blendete Caden. Er hielt seine Hand hoch, um das Licht abzuschirmen, und sah den Umriss einer Gestalt, die durch das Loch in der Wand kletterte.

»Mein Herr«, die Gestalt streckte eine Hand aus. »Wir sind gekommen, um Euch zu retten.«

Caden nahm die Hilfe an und blickte in das reptilienartige Gesicht von Bast. Ein verwirrender Wirbel von Emotionen überkam ihn. Das letzte Mal, als Caden den Draman gesehen hatte, hatte er versucht, ihn zu töten, weil er dachte, er sei ein Verräter. Eine unerklärliche Schuld erfüllte seinen Magen.

»Bast«, sagte er schließlich. »Es tut mir leid.«

»Wir müssen gehen, bevor sie merken, dass Ihr fort seid.«

Bast packte die Fessel an seiner rechten Hand und brach sie ab, dann tat er dasselbe mit der anderen. Caden rieb seine wunden Handgelenke, immer noch verwirrt.

»Warum bist du hier?«

»Ich habe es Euch bereits gesagt.«

»Nein, ich weiß *warum* du hier bist, aber warum bist *du* hier? Ich bin sicher, du verachtest mich.«

»Das tue ich nicht«, erwiderte Bast. »Es lastete viel auf Euren Schultern. Wir können später über diese Dinge reden. Kommt.«

Der Draman kletterte zurück durch das Loch, und Caden sah sich in der Zelle um. Er hatte sich endlich damit abgefunden, hier allein im Kerker zu sterben, aber jetzt lag die Freiheit direkt vor ihm. Verdiente er es, frei zu sein? Lireth hatte sein Leben gerettet und sich an ihn gebunden, doch er hatte sie im Stich gelassen, als sie ihn am meisten brauchte.

»Mein Herr, bitte. Unsere Herrin braucht unsere Hilfe. Sie wird von der Enklave gefangen gehalten.«

»Unsere Herrin«, wiederholte Caden.

Vielleicht würde sie ihm Gnade erweisen, wenn er mit den Draman ankäme, um sie zu befreien. Es war das Einzige, worauf er hoffen konnte, und es war sicherlich besser, als in

Lord Culvers Kerker zu verrotten. Caden schlüpfte durch die beschädigte Wand und hinaus in die frische Luft. Die Wärme der Sonne auf seiner Haut war eine willkommene Abwechslung zu den kalten Steinen seiner Zelle.

»Danke«, sagte Caden und blickte von Bast zu den Dutzend anderen Draman, die bei seiner Rettung geholfen hatten. »Ich habe euch alle im Stich gelassen, aber ich werde mein Bestes tun, um euer Vertrauen in mich wiederherzustellen.«

Bast winkte mit seiner Klauenhand ab. »Wir sind alle des Versagens schuldig.«

»Sind das alle?«

»Nein, die anderen haben sich in den Wäldern versammelt, wo wir vor dem Angriff auf Velbridge gelagert haben.«

»Wie viele?«

»Zwölfhundert stark.«

Erleichterung überkam Caden. Er war dankbar, dass sie nicht alle in der Schlacht gestorben waren. »Was ist mit Lireths Verbündeten? Den anderen Drachen?«

»Fort, fürchte ich. Sie flohen, als Lord D'Lance seine Magie einsetzte, um sie aufzuhalten.«

»Und Mina, das Mädchen, ihr Drache erschlug Lord D'Lance?«

Bast lachte. »Nein. Das Mädchen tat es.«

Das ließ Caden innehalten. Mina hatte Lord D'Lance getötet? Das bedeutete, sie hatte ... ihn gerettet. Und Lireth. Das war faszinierend. Und ... unerwartet.

»Ich verstehe.«

»Wir sollten uns in Bewegung setzen«, sagte Bast. »Wir können diese Dinge besprechen, während wir gehen.«

Nachdem Mina den Schmutz und den Sandwurmdreck gründlich von sich abgewaschen hatte, ging sie durch die Korridore, wobei das Patschen ihrer nackten Füße leise von den Glaswänden widerhallte. Die Nachricht, dass sie ganz allein einen Sandwurm getötet hatte, hatte sich schnell unter den Drachen verbreitet. Sie konnte immer noch kaum glauben, dass sie es geschafft hatte.

In Gedanken versunken fand sie sich vor der Kammer wieder, die als Lireths Gefängniszelle diente. Sie starrte durch das Glas und beobachtete, wie der Drache in der Höhle auf und ab schritt. Sie war riesig, und in dem begrenzten Raum wirkte der Drache noch größer. Ihre Krallen kratzten beim Auf- und Abgehen über den Boden, und der Duft von Safran schwebte in der Luft und erreichte

Minas Nase sogar durch die Höhlenwand hindurch. Lireths Wut hatte sich noch nicht gelegt. Obwohl die Wand dünn war, hatte sie sich als undurchdringlich erwiesen. Die unzähligen Kratzer auf der anderen Seite waren der Beweis dafür.

Als Lireths Schritte sie in die Nähe brachten, wandte sich Mina ab. Sie hatte das Geschöpf lange genug beobachtet. Feste Schritte hallten von den Wänden wider, und sie sah Areg näherkommen.

»Was machst du?«

»Nichts«, antwortete sie.

Der kleinwüchsige Elf trug immer noch seine Lederrüstung und sein Schwert an der Hüfte. Als sie ihm zum ersten Mal begegnet war, hatte er sie erschreckt, da sie noch nie zuvor einen Elfen gesehen hatte. Seine geringe Größe und blasse Haut unterschieden sich von jedem Menschen, dem sie je begegnet war. Seine seltsame Sprechweise, das Ergebnis eines schrecklichen Unfalls, verstärkte sein eigenartiges Erscheinungsbild noch. Trotz alledem fand Mina ihn auf eine platonische Art niedlich, obwohl sie ihm das nie sagen würde. Er war ein grimmiger Krieger, sein liebenswertes Äußeres täuschte.

»Fertig?«

»Ich muss noch meine Stiefel holen«, antwortete sie und hob ihren rechten Fuß, um mit den Zehen zu wackeln.

»Wir gehen.«

Mina nickte und ging mit dem Elfen zu ihren Gemächern. Sie schlüpfte in ihre Stiefel und schnallte sich ihr Schwert um die Hüfte.

»Glaubst du, die Draman werden kommen, um Lireth zu holen? Ich weiß, sie ist zu weit weg, um mit ihnen zu sprechen, aber sie sind immer noch mit ihr verbunden.«

Areg zuckte mit seinen schmalen Schultern. »Dumm. Drachen stärker.«

»Stimmt«, sagte sie.

Es war zwei Wochen her, seit Lireth eingesperrt worden war, zwei Wochen, seit Caden in Lord Culvers Kerker eingeschlossen worden war. Mina hatte jeden Tag seit seinem Fortgang an ihn gedacht. Sie waren Freunde gewesen, und einmal hatte sie sogar gehofft, dass daraus mehr als Freundschaft werden würde, aber Lireths Verbindung zu ihm hatte seinen Verstand verdorben und ihn gegen sie aufgebracht.

Sie verbrachte ihre Tage damit, mit Areg zu trainieren und ihre Verbindung zu Gedrith zu stärken. Wieder dachte sie über das Gefühl der Unzulänglichkeit nach, das sie empfand, obwohl das Töten des Sandwurms dieses

Gefühl etwas gelindert hatte. Sie war die erste Drachenreiterin seit tausend Jahren, aber das war alles ein zufälliger Unfall. Sie war nicht als Kriegerin geboren, noch war sie eine Anführerin. Bis vor kurzem war sie eine Sklavin von Lord Klodian gewesen und hatte ihn auf Drachenjagden geführt, damit er die Kreaturen zum Vergnügen töten konnte.

Jetzt lebte sie unter ihnen, als ob ihre Vergangenheit nicht voller Blut und Tod gewesen wäre. Gedrith hatte ihr vergeben, aber die Sünden ihrer Vergangenheit verfolgten sie immer noch. Sie wusste, dass sie sich selbst vergeben musste, aber sie wusste nicht wie.

Sie und Areg gingen den Hang hinauf, der aus den unterirdischen Höhlen ins Sonnenlicht führte. Die Luft war heißer und trockener als zuvor, falls das überhaupt möglich war, und der Geruch von Staub war überwältigend. Die Landschaft unterschied sich nicht sehr von Klodian Keep, abgesehen vom Fehlen menschlicher Gebäude. Sie fragte sich, wie es Lord Klodian wohl ging, dann schob sie den Gedanken beiseite. Es spielte keine Rolle. Er spielte keine Rolle.

Gedrith sonnte sich, während er auf sie wartete, seine riesigen Flügel ausgebreitet. Er hob den Kopf, als sie sich näherten.

Die Enklave ist beeindruckt von deinem Sieg über den Sandwurm.

Haben sie dich hergeschickt, um mir das zu sagen?

Nein. Ich wollte deine Fortschritte mit der Klinge sehen.

Mina zog ihr Schwert und machte ein paar Übungsschwünge.

Ich habe viele Dinge gelernt, aber ich denke immer noch nicht, dass ich für den Kampf geeignet bin.

Du bist zu hart zu dir selbst, sagte Gedrith.

Das muss ich sein.

Warum?

Mina holte tief Luft. Um für meine Sünden zu büßen.

Heißt du jetzt Avera, dass du solche Macht hast?

Das brachte sie zum Nachdenken. Ich halte mich nicht für eine Göttin, wenn du das meinst.

Dann lass deine Vergangenheit los, denn nur die Götter können die Geschichte auslöschen.

Mina stieß die Spitze ihrer Klinge in den Boden und kniete sich hin, um eine Handvoll Sand zu greifen. Sie ließ ihn durch ihre Finger rieseln, während sie über seine Worte nachdachte. Vielleicht hatte er recht. Ihre

Fehler plagten ihre Gedanken, aber wenn sie die Einzige war, die darüber nachdachte, dann lief es auf nichts anderes als Selbstquälerei hinaus. Sie stand auf und griff nach ihrem Schwert, um sich Areg zuzuwenden.

Wofür trainiere ich? fragte sie Gedrith. Lord D'Lance ist tot.

Glaubst du, dass er die einzige böse Macht in der Welt war?

Nein.

Gut, sonst wäre ich besorgt. Als Drachenreiterin ist es deine Pflicht, diejenigen zu schützen, die sich nicht selbst verteidigen können.

Wie soll eine Person alle anderen beschützen?

Mit Hilfe natürlich. Meiner, sowie der der Enklave.

Wird es mehr geben wie mich? Mehr Drachenreiter?

Gedrith schwieg einen Moment. Die Enklave hat darüber noch nicht entschieden. Es wird von dir abhängen.

Von mir? Ich dachte, ich hätte mich ihnen gegenüber schon bewiesen.

Das hast du, aber es ist nicht so einfach.

Was meinst du damit?

Konzentriere dich auf dein Training, sagte Gedrith.

Mina starrte ihn an. Da war etwas, das er ihr nicht sagte.

Wir sind doch eins, oder nicht? Wenn du erwartest, dass ich dir vertraue, dann musst du mir auch vertrauen.

Na gut. Ich wollte dich nicht beunruhigen, aber ich werde nichts vor dir verheimlichen. Die Enklave behält die Dinge in den Dominions im Auge. Lireths Draman sammeln sich langsam wieder.

Sammeln sich? Planen sie, sie zu holen?

Das bleibt abzuwarten, aber es wäre nicht klug von ihnen, hierher zu kommen.

Ja, aber wir haben schon gesehen, welchen Wahnsinn Lireth in den Köpfen der Menschen anrichten kann. Gefahr wird sie nicht davon abhalten, Dummheiten zu begehen. Sie müssen aufgehalten werden, bevor sie etwas Unüberlegtes tun. Was wird die Enklave gegen sie unternehmen?

Momentan nichts, antwortete Gedrith. Sie stellen keine Bedrohung für uns dar.

Mina war sich da nicht so sicher, aber sie widersprach ihm nicht.

Solange sich nichts ändert, wirst du hier bleiben und weiter lernen.

Und wenn sich etwas ändert? Was dann?

Dann werden du und ich uns darum kümmern.

Mina nickte. In Ordnung. Sie wandte sich wieder Areg zu. »Bist du bereit?«

Areg lächelte. »Los geht's.«

Mina hob ihre Klinge und stürzte vorwärts.

4

Eine Flut von Gefühlen überkam Caden, als er mit Bast ins Lager ging. Draman arbeiteten geschäftig, einige kochten und andere brachten Vorräte zu großen Zelten, die als Lager dienten. Er war froh zu sehen, dass so viele von ihnen die Schlacht in Velbridge überlebt hatten. Bast führte ihn zu einem Pavillon, der zwar bescheiden, aber größer als die meisten anderen Zelte war.

»Das hier ist deins«, sagte er. Bast schien ihm wirklich verziehen zu haben, aber Caden konnte sich nicht helfen, sich wegen seiner früheren Taten schuldig zu fühlen.

»Es tut mir leid, dass ich deine Loyalität in Frage gestellt habe«, sagte er und blickte den Draman an. »Mein Verstand war von vielen Dingen getrübt.«

»Ich hege keine bösen Gefühle gegen dich, mein Herr. Selbst wenn ich es täte, unsere

Herrin hat dich zum Befehlshaber ihrer Streitkräfte ernannt, und ich würde niemals ihren Befehlen zuwiderhandeln.«

Caden nickte. Er glaubte Bast, was ihn erneut hinterfragen ließ, warum er gedacht hatte, der Draman sei ein Verräter gewesen. Ein unbehaglicher Gedanke schwebte in seinem Hinterkopf, aber er wagte es nicht, ihn anzuerkennen.

»Was ist von Velbridge übrig?«, fragte er.

»Die Feuer haben viel zerstört, und die Menschen haben geplündert, was übrig blieb, bevor sie an sicherere Orte flohen. Wir haben die Ruinen bereits nach Vorräten durchsucht, aber es gab wenig Brauchbares. Was du hier siehst, ist alles, was wir haben.«

»Was ist mit den anderen Dominions? Haben irgendwelche Lords versucht, die Dracan für sich zu beanspruchen?«

»Nein. Der Hohe Prinz hat Soldaten geschickt, um das Dominion zu patrouillieren und für Ordnung zu sorgen. Wir haben uns versteckt gehalten, seit sie eingetroffen sind.«

Caden war von den Neuigkeiten nicht überrascht, obwohl er wenig über den Hohen Prinzen wusste. Er vermutete, dass der Mann die Details des Geschehenen sammelte, und sobald er entdeckte, was Lord D'Lance geplant hatte, würde er wahrscheinlich erleichtert sein, dass der Mann tot war.

»Was ist mit den anderen Drachen? Denen, die kamen, um unserer Herrin zu helfen?«

Bast knurrte. »Sie sind nach Norden geflohen, als sich das Blatt in der Schlacht wendete. Feiglinge.«

»Ich stimme dieser Einschätzung zu, aber wir werden ihre Hilfe brauchen, um die Enklave zu finden. Mit unserer begrenzten Anzahl wird es unmöglich sein, ihr Zuhause in den Langen Sanden zu finden.«

»Willst du, dass ich einige Männer losschicke, um sie aufzuspüren?«

»Nein«, antwortete Caden. »Ich werde es tun.«

»Du bist gerade erst zu uns zurückgekehrt, mein Herr. Ist es klug für dich zu gehen?«

Caden gefiel die Idee nicht, allein Drachen aufzuspüren, aber er fühlte, dass er dadurch seine Hingabe zu Lireth beweisen würde. Das, und vielleicht würde sie gnädiger zu ihm sein, nachdem sie befreit war. Er griff durch das Band, aber es verblasste in der Undeutlichkeit und es gab nichts am anderen Ende.

»Ich werde so schnell wie möglich zurückkehren. Konzentriere dich in der Zwischenzeit darauf, Nahrung und Wasser zu finden. Wir werden von beidem reichlich brauchen, wenn wir durch die Wüste marschieren wollen.«

»Wie du befiehlst«, sagte Bast und neigte seinen Kopf.

Eine Erkenntnis dämmerte Caden, und er runzelte die Stirn. »Mit Lord D'Lance tot, wird es keine neuen Draman geben. Wir müssen einen Weg finden, unsere Zahl zu verstärken.«

»Als das Schloss zerstört wurde, fanden wir weibliche Draman, die Lord D'Lance im Kerker hielt. Es scheint, er hat seine Experimente nicht nur auf die Soldaten beschränkt.«

»Was bedeutet das?«, fragte Caden.

»Es bleibt abzuwarten, aber ich glaube, wir werden in der Lage sein, mehr von unserer Art auf natürliche Weise zu züchten.«

»Ich denke, Lireth wird froh sein, das zu hören.«

»Ich möchte ihr keine falsche Hoffnung machen, mein Herr. Wie gesagt, es bleibt abzuwarten.«

»Du hast Recht, mein Freund. Lass uns nicht davon sprechen, bis wir uns sicher sind.«

Sie standen einen Moment schweigend da, dann sagte Bast: »Es ist gut, dich wieder unter uns zu haben.«

»Es ist gut, zurück zu sein. Nochmals danke, dass du mich gerettet hast, obwohl ich deine Freundlichkeit nach dem, was ich getan habe, nicht verdiene.«

»Es ist vergeben«, erwiderte Bast und winkte mit einer Klaue ab. »Erwähne es nicht wieder. Es liegt jetzt in der Vergangenheit. Wann wirst du aufbrechen?«

»Bald«, sagte Caden. »Ich brauche etwas zu essen, und dann werde ich gehen. Lireth ist schon zu lange weg, und ich möchte nicht, dass sie länger als nötig gefangen ist.«

»Bis zu deiner Rückkehr dann, mein Herr.« Bast neigte erneut seinen Kopf und wandte sich zum Gehen.

»Ich habe dir schon einmal gesagt, du sollst mich Caden nennen. Daran hat sich nichts geändert.«

»Gut. Bis zu deiner Rückkehr, Caden.«

Bast ging, um seinen Pflichten nachzukommen, und Caden holte sich etwas zu essen von einer Gruppe Draman, die Fleisch über einem großen Feuer brieten. Es war unmöglich zu sagen, was für eine Kreatur am Spieß war, aber als Caden ein Stück des Fleisches in den Mund nahm, erkannte er sofort den Geschmack von Hirsch. Er lobte die Draman für die Mahlzeit und ging dann zu seinem Zelt.

Wieder unter ihnen zu sein, fühlte sich sehr nach Zuhause an, obwohl er vermutete, dass es wirklich sein Zuhause war. Sie alle waren Diener Lireths, und in dieser gemeinsamen Verbindung standen sie sich nahe. Man könnte sogar sagen, sie waren in gewisser Weise eine Familie. Cadens Augen schweiften über das Lager, während er seinen weiteren Weg überlegte. Die anderen Drachen aufzuspüren war riskant, besonders wenn sie ihn flammten, bevor sie ihn anhörten.

Für einen kurzen Moment verlor er fast den Mut, aber er schob seine Zweifel beiseite. Es hatte keinen Sinn zu warten. Je schneller er zurückkehrte, desto schneller konnten sie zu den Langen Sanden aufbrechen, um Lireth zu befreien. Es schien eine Ewigkeit her zu sein, seit er ihre Stimme gehört oder ihre Gegenwart gespürt hatte. Etwas tief in seinem Inneren regte sich, und er fragte sich, ob sie ihn spüren konnte, auch wenn er sie nicht spüren konnte.

Caden wandte sich von seinem Zelt ab und ging zum Pavillon, der als Waffenkammer diente. Er nahm ein Kettenhemd und zog es über den Kopf, dann wählte er ein Schwert, das scharf und gut ausbalanciert war. Sie würden nichts gegen einen Drachen ausrichten, aber man konnte nie wissen, in was für Schwierigkeiten er geraten könnte, da sich das Dominion noch erholte. Hoher Prinz hin oder her, Menschen würden zu den dunkelsten Taten greifen, um sicherzustellen, dass sie essen konnten.

Mit diesem Gedanken im Hinterkopf nahm er auch einen kurzen Dolch und steckte ihn in seinen Gürtel. Zufrieden, dass er angemessen bewaffnet war, schnallte Caden eine Ledertasche über seine Schulter und kehrte zu den Draman zurück, die kochten. Sie boten ihm genug Rationen für eine Woche an, aber er fühlte sich schuldig, so viel anzunehmen, und lehnte ab, nahm stattdessen nur für ein paar Tage mit.

Zufrieden, dass er alles hatte, was er brauchte, verließ er das Lager und stapfte nach Norden.

5

Mina saß auf einem Hügel und machte eine Pause vom Schwertkampftraining mit Areg. Sie trank Wasser aus einer Feldflasche und starrte auf die sich bis zum Horizont erstreckenden Dünen. Gedrith gesellte sich zu ihr, und die beiden saßen schweigend da, bis Mina eine Frage stellte, die ihr seit der Schlacht in Velbridge nicht aus dem Kopf gegangen war.

Wie konnte ich Feuer spucken?

Gedrith gab ein tiefes Grollen von sich, das den Sand erschütterte und eine Miniaturlawine den Hügel hinunter auslöste.

Wenn die Verbindung stark genug ist, können Reiter und ihre Drachen ihre Sinne und Fähigkeiten teilen. Du brauchtest Hilfe, und ich gab dir die Macht über meine Flammen.

Mina stand auf und öffnete ihren Mund. Nach einem Moment runzelte sie die Stirn und drehte sich zu Gedrith um.

Nichts ist passiert. Kann ich nicht nach Belieben Feuer spucken?

Doch, wenn ich es zulasse.

Was meinst du damit?

Du hast durch die Verbindung Zugang zu mir und meiner Kraft, aber ich muss dir erlauben, sie zu nutzen.

Lass mich bitte dein Feuer benutzen. Ich möchte sehen, wie es funktioniert.

Na gut.

Mina drehte sich vom Drachen weg und öffnete erneut ihren Mund. Sie konzentrierte sich auf die Verbindung und rief Gedriths Flammen herbei. Ihr Hals wurde warm, aber nur ein kleines orangefarbenes Flackern kam aus ihrem Mund.

Es wird Zeit brauchen, diese Fähigkeit zu meistern, sagte Gedrith.

Wie konnte ich es dann in Velbridge so leicht?

Verzweiflung machte die Verbindung stärker. Es ist schwierig, diese Dringlichkeit ohne echte Angst nachzubilden.

Manche Dinge brauchten eben Zeit. So war der Lauf der Welt, selbst mit Magie, wie es schien. Mina hatte reichlich Zeit, da es nichts zu tun gab außer zu trainieren. Es sei denn, ein neuer Feind würde auftauchen. Sie leckte sich über die Lippen und schloss ihren Mund, dann setzte sie sich in den Sand und lehnte sich an Gedrith.

Ich fühle mich hier fehl am Platz, gab sie zu. *Ich bin von Drachen umgeben.*

Areg ist kein Drache.

Ich weiß, aber er ist auch kein Mensch.

Vermisst du es, unter anderen Menschen zu sein?

Ja.

Trotz der Art, wie viele von ihnen sind?

Es klingt sicher seltsam, aber ja.

Selbst als Lucius noch lebte, war ich immer von anderen Drachen umgeben. Ich kann deinen Wunsch nicht verstehen, weil ich es selbst nie erlebt habe, aber ich denke nicht, dass es klug für dich wäre, von hier wegzugehen.

Obwohl sie ihre eigene Art vermisste, wollte Mina nicht weggehen. Nicht ohne Gedrith. Er war genauso ein Teil von ihr wie jedes ihrer Gliedmaßen. Sie lächelte, als sie an ihr erstes Treffen zurückdachte. Er war kurz davor gewesen, Lord Klodian zu töten, und sie hatte ihn sprechen gehört. Seitdem hatte sich viel verändert, und einiges davon zum Besseren.

Sie schirmte ihre Augen vor der Sonne ab und blickte hinunter zu Areg. Der Elf übte immer noch seinen Schwertkampf, wirbelte hin und her, seine Klinge blitzte bei jedem Hieb in der Sonne auf. Es war schön, jemanden zu haben, von dem sie lernen konnte. Es half gegen die Langeweile, aber es lenkte sie auch von Dingen ab, wie ihrer Einsamkeit.

Vielleicht wäre es vorteilhaft für dich, hier menschliche Gesellschaft zu haben, sagte Gedrith.

Würde die Enklave das erlauben?

Es wird einige Überzeugungsarbeit brauchen, aber ich sehe keinen Grund, warum sie etwas dagegen haben sollten, besonders wenn es jemand ist, der offen für eine Verbindung mit einem Drachen ist.

Mina setzte sich abrupt auf und drehte sich zu Gedrith um. *Noch ein Drachenreiter? Ich dachte, du hättest gesagt, die Enklave hätte sich darüber noch nicht entschieden?*

Das haben sie auch nicht. Ich spreche nicht für die Enklave, aber sie vertrauen auf meine Weisheit. Dies könnte eine Gelegenheit sein, ihnen zu zeigen, dass es Zeit ist, die Reiter wieder aufzubauen.

Ist die Welt dafür bereit?

Wir werden sehen, antwortete Gedrith.

Mehr Drachenreiter? Mina genoss die Vorstellung, andere zu haben, die ihre Kämpfe verstehen konnten, aber sie fürchtete auch, was passieren würde, wenn die falsche Person eine Verbindung mit einem Drachen eingehen würde. Gedrith spürte ihr Unbehagen.

Die Enklave fürchtet dasselbe, aber wir dürfen nicht zulassen, dass uns das von der Welt fernhält. Wir sind ein Teil davon, egal wie sehr wir versuchen, uns zu isolieren.

Die beiden schwiegen einen Moment, und Mina fragte sich, ob die Enklave zustimmen würde, einen weiteren Menschen hier zu haben. Sie glaubte es nicht, aber es würde nicht schaden zu fragen. Die Frage war, wen sie hier haben wollte? Die offensichtliche Antwort war Caden, aber sie verdrängte den Gedanken. Da sie den Großteil ihres Lebens als Sklavin verbracht hatte, hatte sie keine Freunde. Die einzige Person, der sie je ein wenig vertraut hatte, war ...

Würde Thais hierher kommen? Mina hatte seit ihrer Abreise aus Klodian Keep nicht mehr an sie gedacht. Mit Lord D'Lance tot, hatten ihre Eltern ihre Freiheit erlangt?

Hast du jemanden im Sinn?

Gedriths Frage riss sie aus ihren Gedanken.

Ich könnte jemanden haben. Ihr Name ist Thais. Sie ist Soldatin, aber ich weiß nicht, ob sie hierher kommen möchte.

Gibt es niemand anderen?

Nein. Sie zögerte nicht mit ihrer Antwort. *Sie wäre eine gute Drachenreiterin. Sie ist stark und klug.*

Gedrith brummte nachdenklich. *Nun gut. Ich werde mit der Enklave sprechen. Ich kann nichts garantieren, aber vielleicht werden sie es erlauben.*

Mina stand auf und streckte sich, bereit, das Training mit Areg fortzusetzen. Sie legte eine Hand auf Gedriths Schnauze und spürte die raue Textur seiner Schuppen auf ihrer Haut.

Danke. Wirst du die Verbindung zu deinen Flammen für mich offen halten? Ich möchte das Feuerspucken üben.

Ja, aber sei vorsichtig. Bis du gelernt hast, das Feuer zu kontrollieren, riskierst du, dich selbst oder andere zu verletzen. Mach es im Freien, wenn niemand in der Nähe ist.

Das werde ich.

Mina drehte sich um und ging die Düne hinunter, zurück zu Areg. Der Elf hob sein Schwert und rief: »Bereit für mehr?«

Sie hob ihr eigenes Schwert als Antwort, und die beiden kreuzten erneut die Klingen.

Gedriths Schatten glitt über sie hinweg, als er sich entfernte, und Mina hoffte, dass sie bald einen anderen Menschen um sich haben würde.

6

Nach zwei Tagen des Wanderns durch Wälder und über kleine Flüsse veränderte sich die Landschaft unmerklich zu flachen Ebenen. Das hohe Gras wogte unter einer sanften Brise, aber der Wind linderte Cadens Unbehagen kaum. Am Himmel waren keine Wolken zu sehen, und die Hitze war unerträglich, obwohl die Sonne langsam unter den Horizont sank. Die vereinzelten Felsgruppen warfen lange Schatten, die sich über das Feld erstreckten.

Seine Füße schmerzten von der Anstrengung, und seine Kehle war trocken. Schweißtropfen rannen ihm übers Gesicht, und sein Magen knurrte vor Hunger. Er war mit seinen Rationen streng gewesen, vielleicht zu streng. Er trieb sich weiter an, angetrieben von dem Gedanken an Lireths Gefangenschaft. Gelegentlich scannte er die

Landschaft und schirmte seine Augen mit der rechten Hand gegen das schwindende Sonnenlicht ab.

Von den Drachen war keine Spur zu sehen, aber er entdeckte ein Glitzern, das Wasser sein könnte. Caden änderte die Richtung und lenkte seine Schritte nach Nordosten. Ein paar Minuten später sah er, dass das Glitzern tatsächlich Wasser war, und er fiel am Rand des Tümpels auf die Knie. Er tauchte seine Hände ins Wasser und spritzte sich etwas ins Gesicht, um Schweiß und Schmutz abzuwischen.

Es war eine willkommene Erleichterung, aber er begann sich Sorgen zu machen, dass er nicht in die richtige Richtung ging. Er hätte inzwischen etwas sehen müssen. Nachdem er seinen Durst gestillt hatte, füllte er seinen ledernen Wasserschlauch so voll wie möglich und stand auf, bereit, seinen Marsch fortzusetzen. Ein Rascheln im Schilf ließ ihn innehalten, und er zog sein Schwert. Ein kleiner Fuchs tauchte auf. Er betrachtete ihn einen Moment lang neugierig, bevor er davonhuschte.

Caden steckte seine Klinge wieder ein und konnte sich ein Lächeln nicht verkneifen. Das Tier zählte nicht viel als Gesellschaft, aber seine kurze Anwesenheit war eine

Abwechslung von der Eintönigkeit. Er holte etwas getrocknetes Fleisch aus seiner Tasche, verschlang es und setzte dann seinen Marsch fort.

Er lief, bis die Sterne das einzige Licht am Himmel waren, bevor er anhielt, um sein Lager aufzuschlagen. Es kostete ihn viel Mühe, die Augen offen zu halten, und er schlief fast sofort ein, als er sich hinlegte. Als er die Augen öffnete, war er sich bewusst, dass er nicht allein war. Ein Feuer brannte ein paar Meter entfernt, die Flammen vertrieben die kühle Nachtluft.

Ohne es zu wagen, sich zu bewegen, versuchte er zu sehen, wer das Feuer hütete, aber die Gestalt war gerade außerhalb seines Blickfeldes.

»Ich weiß, dass du wach bist«, sagte eine sanfte Stimme.

Caden setzte sich auf und legte seine rechte Hand auf den Griff seines Schwertes.

»Wer bist du?«, fragte er, seine Stimme rau vom Schlaf.

Die Gestalt drehte sich zu ihm um, und das Feuerlicht enthüllte, dass es eine Frau war. Sie war groß und schlank, mit langem dunklem Haar und Augen, die das Licht des Feuers zu absorbieren schienen. Sie trug eine einfache Tunika und Hose, und ein Bogen war über ihren Rücken geschlungen.

»Ich bin die Wächterin dieser Länder«, sagte sie. »Es ist lange her, dass ich einen anderen Menschen hier draußen gesehen habe.«

»Was willst du?« Caden verstärkte seinen Griff um den Schwertgriff. War sie ein Geist oder etwas Schlimmeres?

»Ich will nichts.«

»Warum bist du dann hier?«

»Neugier, vermute ich. Ich sah dich über die Ebenen marschieren und beschloss, ein Auge auf dich zu haben. Diese Gegend ist bestenfalls unwirtlich, und du sahst aus, als könntest du etwas Hilfe gebrauchen.«

Caden lockerte den Griff um den Schwertgriff, ließ seine Hand aber an Ort und Stelle. Er musterte die Frau einen Moment lang und versuchte, die Wahrheit ihrer Absichten einzuschätzen.

»Ich schätze das Angebot, aber ich kann auf mich selbst aufpassen.«

»Was machst du hier draußen allein? Die Zivilisation ist in diese Richtung.« Sie nickte in die Richtung, aus der er gekommen war.

»Ich suche nach etwas«, sagte Caden vage.

»Magst du teilen, was das ist? Ich könnte dich vielleicht in die richtige Richtung weisen.

Ich kenne diese Länder besser als jeder andere.«

Caden zögerte. Er wusste nichts über diese Frau, aber sie schien aufrichtig zu sein. Er kam auf eigene Faust nirgendwohin. Wenn sie sich als Bedrohung herausstellen sollte, würde er damit fertig werden.

»Ich suche nach einer Gruppe von Drachen«, antwortete er. »Sie müssten vor etwa zwei Wochen hier vorbeigekommen sein.«

»Ich habe sie gesehen. Sie haben in den Bergen dort Zuflucht gesucht.« Sie zeigte in die Ferne hinter sich. Sie waren nichts weiter als ein Klumpen Schatten in der Dunkelheit, aber Caden nickte. Zumindest hatte er jetzt eine klare Richtung.

»Ich kann dich dorthin führen, aber es wird nicht einfach sein.«

»Ich brauche keinen Führer«, sagte er.

»Du denkst vielleicht, du brauchst keinen, aber wenn ich dich dort allein herumwandern lasse, wirst du nicht zurückkommen.«

Caden bezweifelte das sehr, aber wenn sie die Gegend wirklich kannte, sollte er ihr vielleicht genug vertrauen, um zuzuhören.

»Na gut. Führe den Weg.«

»Zuerst essen wir. Ich habe noch etwas Kaninchen von meinem früheren Fang übrig.

Dann musst du dich ausruhen. Wir brechen bei Tagesanbruch auf.«

Caden war ungeduldig, loszukommen, aber er nickte und nahm einen Spieß von der Frau entgegen.

»Ich bin Caden«, sagte er.

»Du kannst mich Eira nennen.«

Sie aßen einen Moment lang schweigend, dann begann Eira, ihn über die Gefahren in der Gegend zu informieren. Eine Gruppe von Soldaten aus dem Dracanischen Herrschaftsgebiet war geflohen und hatte am Fuße der Berge ein Lager aufgeschlagen. In ihrer Verzweiflung hatten sie begonnen, die Drachen anzubeten und boten Dinge wie Gold und andere Menschen im Austausch für ihr Leben an.

Cadens Magen drehte sich bei dem Gedanken um. Anstatt zu bleiben, um die Sicherheit der einfachen Leute nach der Schlacht zu gewährleisten, waren sie wie Feiglinge geflohen und boten ihre Mitmenschen den Drachen an.

Trotz seines Misstrauens war er froh, jemanden zum Reden zu haben. Etwas huschte in der Dunkelheit, und er richtete seinen Blick auf das Geräusch.

»Das ist nur Rem«, sagte Eira.

Bevor Caden fragen konnte, wer das war, kam derselbe Fuchs, den er früher am Wassertümpel gesehen hatte, angetrabt.

»Ist das dein Haustier?«

Der Fuchs blieb stehen und starrte Caden an, wobei er die Zähne fletschte.

»Rem ist niemandes Haustier. Er ist mein Gefährte.«

Caden hob neugierig seine linke Augenbraue, sagte aber nichts. Der Fuchs rollte sich neben Eira zusammen und beobachtete die flackernden Flammen des Feuers.

»Schlaf etwas«, sagte Eira zu ihm. »Ich halte Wache.«

»Weck mich, wenn ich an der Reihe bin.«

»Das ist nicht nötig. Ich komme klar.«

»Wie du meinst«, antwortete Caden. Er legte sich hin und driftete schließlich wieder in den Schlaf. Als er aufwachte, war es noch dunkel. Er konnte Eiras schwache Silhouette gegen den Himmel erkennen. Sie saß mit gekreuzten Beinen vor dem Feuer. Er war froh, dass sie nicht nur ein Traum gewesen war.

»Wie lange habe ich geschlafen?«, fragte er und rieb sich den Schlaf aus den Augen, während er aufstand.

»Nicht lange«, antwortete Eira. »Nur ein paar Stunden. Die Dämmerung naht.«

Caden streckte sich und rieb eine schmerzende Stelle an seinem Nacken. Auf dem Boden zu schlafen war nicht sehr bequem.

»Ich bin bereit, wenn du es bist.«

Eira stand auf und klopfte sich die Hose ab. Sie schnalzte mit der Zunge, und Rem sprintete in Richtung der Berge davon. Caden sah sie fragend an, und sie lächelte.

»Er erkundet den Weg vor uns.«

Caden konnte das Gefühl nicht abschütteln, dass mehr hinter dem Fuchs steckte. Er hatte Legenden von Menschen gehört, die sich in Tiere verwandeln konnten, und fragte sich, ob Rem in Wirklichkeit ein getarnter Zauberer war.

»Komm schon«, sagte Eira und unterbrach seine Gedanken. »Wir haben noch ein paar Stunden, bevor wir den Fuß des Berges erreichen.«

Caden schob den Gedanken beiseite. Solange die beiden ihn zu den Drachen führen konnten, war es ihm egal, was sie waren. Eira machte sich auf den Weg zu den Bergen, und er folgte ihr.

7

Mina sah in den nächsten Tagen wenig von Gedrith, obwohl sie seine ständige Präsenz durch das Band spürte. Ihr Training lief gut, aber sie war der immer gleichen Übungen überdrüssig. Außerdem war sie ungeduldig, die Antwort der Enklave zu erfahren.

Sie legte ihre Rüstung an und schnallte sich ihr Schwert um die Hüfte, dann ging sie nach oben. Es war früh, und Areg war noch nicht aufgestanden. Die Sonne war nur ein schmaler Streifen am Horizont, aber der Himmel war voller Farben, die sie innehalten und bewundern ließen. Die Temperatur war kühl und erfrischend, aber das würde nicht lange anhalten. Die Langen Sande waren ein unbarmherziger Ort, voller Hitze, Sand und Kreaturen, die sie töten wollten.

Mina scannte den Rest des Himmels und sah einige Drachen, die auf den Luftströmungen glitten. Sie hielten Ausschau nach Feinden. Obwohl sich nie ein Sandwyrm dem Höhlensystem genähert hatte, blieben die Drachen wachsam. Sie wandte sich ab und schritt den nächsten Dünenhügel hinauf. Als sie den Gipfel erreichte, huschte eine Eidechse davon, aufgeschreckt von ihrer Anwesenheit.

Sie beobachtete das Tier, bis es nicht mehr zu sehen war, und dachte darüber nach, wie es sie fürchtete, während Drachen nichts fürchteten. Die Arten waren zwei Seiten derselben Medaille, zumindest nach ihrer Einschätzung. Sie atmete tief ein, schloss die Augen und konzentrierte sich auf das Band. Sie spürte Gedriths Feuer und lockte es durch das Band, bis ihre Kehle warm wurde. Sie öffnete die Lippen und drängte das Feuer hervor.

Nichts geschah.

Sie versuchte es ein zweites und ein drittes Mal, alles vergeblich. Frustration verwandelte sich in Wut, und sie ballte ihre Hände zu Fäusten und schrie. Die Wärme in ihrer Kehle verblasste, und sie öffnete die Augen. Gedrith hatte ihr gesagt, es würde Zeit brauchen, diese Fähigkeit zu meistern, aber das war ihr egal. Sie wollte es *jetzt* können, nicht später.

Du klingst wie ein trotziges Kind.

Die Stimme erschreckte sie, und sie öffnete die Augen, um den silbernen Drachen zu sehen, der die Enklave anführte. Wie war sie unbemerkt angekommen? Mina sank auf ein Knie und neigte den Kopf.

Tiarna, begrüßte sie.

Der Drache betrachtete sie einen Moment lang schweigend, und Mina war sich nicht sicher, ob sie sich bewegen oder so bleiben sollte.

Erhebe dich.

Mina hob den Kopf und stand langsam auf. *Wie kann ich Euch zu Diensten sein?*

Glaubst du, du bist geeignet, ein Drachenreiter zu sein?

Nein.

Warum nicht?

Mina zögerte. *Ich bin keine Kriegerin.*

Die Wege des Krieges können gelehrt werden.

Meine Vergangenheit ist mit Drachenblut befleckt.

Wir haben dir diese Taten vergeben.

Mina blieb still, unsicher, was sie sonst noch sagen konnte.

Der Drache blickte über die Landschaft. *Es scheint, du hast Schwierigkeiten mit der Macht, die du besitzt.*

Mina spürte einen Anflug von Schuld über sich waschen. Sie kämpfte, bis zu dem Punkt, dass sogar die Enklave es bemerkt hatte. Wie konnte sie den Aufruhr in ihrem Inneren erklären? Sie hatte ein Leben in Knechtschaft geführt, in dem ihr Wille nicht ihr eigen war. Die Verbindung mit Gedrith hatte ihr ein neues Gefühl von Macht und Freiheit gegeben, aber damit kam auch die Angst. Die Angst, alles zu verlieren und wieder zur Sklavin zu werden.

Ich kann deine Gefühle spüren. Sie sind wie ein Chaos, das umeinander wirbelt und die Angst nährt, die dich an dir selbst zweifeln lässt. Du bist der erste Mensch, der seit Jahrhunderten mit Drachen spricht, der erste, der sich seit der Trennung mit unserer Art verbunden hat. Du glaubst, es sei durch Zufall geschehen, aber ich glaube das nicht. Ob du oder ich den Zweck kennen, es gibt einen Grund, warum du in diese Höhle gefallen und auf Drachenschuppen gelandet bist.

Mina wollte widersprechen, aber sie wagte es nicht, den Drachen zu unterbrechen. Sie senkte den Blick zu Boden und fühlte sich, als würde sie wie ein Kind zurechtgewiesen. Und in gewisser Weise wurde sie gescholten, aber die Worte des Drachen waren ein läuterndes Feuer, das Minas viele Ausreden wegbrannte und die Stärke darunter offenbarte.

Du bist keine Sklavin mehr, Mina. Diese Tage liegen hinter dir. Du bist eine Drachenreiterin. Beseitige deine Zweifel und sei selbstbewusst.

Danke, Tiarna. Eure freundlichen Worte haben mir mehr geholfen, als Ihr wisst.

Gut.

Die beiden schwiegen einen Moment lang und starrten auf die rollenden Sandhügel hinaus. Mina räusperte sich und sah den Drachen aus dem Augenwinkel an.

Hat Gedrith ... die Enklave um etwas gebeten?

Das hat er.

Mina wartete ungeduldig und krümmte und streckte ängstlich ihre Zehen. In ihren Stiefeln war Sand, und der Gries rieb zwischen ihren Zehen.

Hat die Enklave entschieden?

Der Drache sah sie an und erwiderte ihren Blick. *Wir haben entschieden, dass wir keinen weiteren Menschen in unser Reich lassen werden.*

Ich verstehe. Sie versuchte, ihre Enttäuschung zu verbergen, aber es musste offensichtlich in ihrem Gesicht zu sehen gewesen sein.

Sei guten Mutes. Es ist nicht aus den Gründen, die du wahrscheinlich denkst. Wir sind nicht grausam, noch streben wir danach. Die Welt ist kaum bereit für die Rückkehr der Drachen, geschweige denn für Drachenreiter. Dieses Unterfangen wird Zeit brauchen.

Alles braucht Zeit, beschwerte sich Mina.

So ist der Lauf der Welt, wie du weißt. Ein Baby kommt nicht vollständig ausgebildet zur Welt.

Wie sollen die Menschen Drachen akzeptieren, wenn ihr euch ihnen nicht zeigt?

Das ist etwas, das die Enklave in Betracht gezogen hat. Ich glaube, die Antwort liegt bei dir.

Bei mir? Was meint Ihr damit?

Es wird Jahre des Trainings mit Areg brauchen, bis du bereit bist, in die Welt hinauszugehen, aber wenn wir sicherstellen wollen, dass kein weiterer Lord D'Lance auftaucht, können wir nicht so lange warten. Wir haben beschlossen, dass du und Gedrith ausgesandt werdet, um die Herrschaftsgebiete zu patrouillieren und Hilfe zu leisten, wo ihr könnt. Wenn die Menschen eure Taten sehen, werdet ihr ihr Vertrauen gewinnen. Das ist der erste von vielen Schritten, die es uns ermöglichen werden, zurückzukehren, ohne auf Gewalt und Verwirrung zu stoßen.

Mina wiederholte die Worte in ihrem Kopf, überrascht, sie zu hören. *Ihr denkt, ich bin dafür bereit?*

Bist du es etwa nicht?

Ihre Zweifel und Ängste beiseite schiebend, neigte sie den Kopf. *Ich bin es. Danke, dass Ihr mir Euer Vertrauen schenkt. Ich werde mein Bestes tun, um die Welt auf die Wahrheit über Drachen vorzubereiten.*

Ich vertraue darauf, dass du das tun wirst. Es gibt noch eine weitere Angelegenheit, die du wissen musst, da es etwas ist, womit du dich auseinandersetzen musst.

Was ist es?

Derjenige, der mit Lireth verbunden ist, ist aus seinem Gefängnis entkommen.

Caden. Minas Herz machte einen Satz in ihrer Brust. *Wie?* fragte sie.

Es waren die Draman. Sie haben sich seit der Schlacht bei Velbridge neu formiert, und jetzt haben sie ihren Anführer zurück.

Sie werden kommen, um sie zu holen, sagte Mina, eher eine Feststellung als eine Frage. Sie blickte über ihre Schulter zum Höhleneingang.

Solange ihre Verbindung besteht, wird ihn nichts davon abhalten, sie zu suchen.

Mina wusste, was getan werden musste. Sie hatte es immer gewusst, ob sie es sich eingestehen wollte oder nicht.

Ich werde mich darum kümmern.

Sei vorsichtig. Lireths Verderbnis kennt keine Grenzen, und er wird alles tun, um Hindernisse aus dem Weg zu räumen. Die Person, die du einmal kanntest, ist verschwunden.

Ja, Tiarna. Wann sollen wir aufbrechen?

Ich gebe euch drei Tage zur Vorbereitung. Nehmt alles mit, was ihr braucht.

Danke. Mina kniete nieder und senkte den Kopf. *Tiarna.*

Du hast dir das Recht verdient, mich beim Namen zu nennen. Es ist Silvara.

Damit breitete Silvara ihre Flügel aus und sprang in die Luft, um zur Höhle zurückzukehren. Mina blieb, wo sie war, ihre Gedanken ein Wirbelwind. Sie hätte sich geehrter fühlen sollen, das Recht erhalten zu haben, Silvara bei ihrem Namen zu nennen, aber sie war zu beunruhigt von den anderen Neuigkeiten.

Caden war entkommen.

8

Eira führte den Weg über die Ebenen, und als sie die Ausläufer der Berge erreichten, wich das Gras einem felsigeren Gelände. Die Luft war staubig, und Caden kämpfte gegen den Impuls an, häufig aus seinem Wasserschlauch zu trinken, da er wusste, dass er seinen knappen Vorrat schonen musste.

»Siehst du die Höhle dort?«

Caden kniff die Augen zusammen und versuchte, die Details am Berg zu erkennen.

»Dort sind die Drachen«, sagte Eira grimmig. »Wir müssen dort hinaufklettern, um zu ihnen zu gelangen.«

»Wir?«

»Du hattest doch nicht vor, allein dort hinaufzugehen, oder? Abgesehen vom Klettern musst du dich auch mit den abtrünnigen Soldaten auseinandersetzen. Und natürlich mit den Drachen selbst.«

»Ich komme schon klar«, sagte Caden, obwohl er sich fragte, ob die Drachen Lireth genauso treu waren wie er. Wenn nicht, würde er wahrscheinlich nicht weit kommen, bevor sie ihn in Flammen aufgehen ließen. Als er weiter darüber nachdachte, beschloss er, die Frau mitkommen zu lassen. Im schlimmsten Fall konnte er sie als Ablenkung benutzen, um zu entkommen. »Aber du kannst gerne mitkommen, wenn du möchtest.«

»Ich habe hier draußen sowieso nichts anderes zu tun, also warum nicht?« Sie grinste ihn an.

»Hast du keine Angst vor den Drachen?«

Eira zuckte mit den Schultern. »Ich habe vor vielen Dingen Angst, aber Angst ist nichts weiter als eine Emotion, die kontrolliert werden muss. Brauchst du eine Pause, bevor wir anfangen?«

Caden war müde, wollte aber keine Zeit verschwenden. Er schüttelte den Kopf und wappnete sich für den Aufstieg, wobei er sich daran erinnerte, dass Lireth wahrscheinlich in einer noch schlimmeren Lage war. Sie begannen ihren Aufstieg. Die Felsen waren zerklüftet und unnachgiebig, und ein

Fehltritt konnte einen tödlichen Sturz bedeuten. Caden kämpfte sich unbeholfen voran, aber Eiras Schritte waren sicher und gleichmäßig. Er bemühte sich, mit ihrem schnellen Tempo Schritt zu halten und nicht zurückzufallen.

»Du bist ziemlich geschickt darin«, keuchte er, verblüfft darüber, wie sie scheinbar mühelos den Berg hinaufglitt.

»Ich bin es gewohnt«, rief sie zurück, nicht einmal außer Atem.

Schließlich erreichten sie ein Plateau direkt unterhalb des Höhleneingangs. Eira legte einen staubbedeckten Finger an die Lippen und deutete mit der anderen Hand. Stimmen wehten durch die Luft, und Caden presste seinen Rücken gegen den Berg, froh über eine Pause. Seine Muskeln schmerzten, und er war ausgedörrt. Er trank sparsam aus dem Wasserschlauch, gerade genug, um den Staub aus seiner Kehle zu spülen. Er bot Eira den Schlauch an, aber sie schüttelte den Kopf.

Rem huschte auf den Felsvorsprung, und Eira kniete sich hin und kraulte seinen Kopf. Sie beugte sich nah zu ihm und flüsterte dem Fuchs etwas zu, das Caden nicht hörte, und das Tier kletterte zum Vorsprung hinauf, wo sich die Höhle befand. Sie warteten schweigend, und Caden starrte auf die weiten

Ebenen, die sich in die Ferne erstreckten. Er konnte den Wassertümpel sehen, auf den er am Tag zuvor gestoßen war, und wünschte, er wäre näher. Er wollte nichts mehr, als in seine kühle Oberfläche einzutauchen.

Der Fuchs kehrte zurück und sprang auf das Plateau hinunter. Er bellte und jaulte aufgeregt. Eira brachte ihn zum Schweigen und kraulte wieder seinen Kopf, dann sah sie Caden an und flüsterte: »Rem sagt, da oben sind sechs Männer, alle bewaffnet. Die Drachen schlafen.«

Caden starrte Eira einen Moment lang an und versuchte zu begreifen, was sie gesagt hatte. »Das Ding kann sprechen?«

»Alle Tiere können sprechen. Es ist eine Frage dessen, ob man zuhört.«

Wieder vermutete er, dass bei den beiden Magie im Spiel war, aber das könnte nützlich sein, wenn es mit den Soldaten schlecht laufen würde. Er zuckte als Antwort mit den Schultern und begann, zum nächsten Vorsprung hinaufzuklettern. Eira packte sein Bein und zog ihn zurück.

»Wir können nicht einfach so hineinstürmen«, sagte sie. »Es könnten Fallen aufgestellt sein.«

»Was schlägst du vor?«

Eira lächelte. »Einen Hinterhalt. Wir warten, bis sie aus der Höhle kommen, und überraschen sie.«

Caden entschied, dass das eine bessere Idee war, als zu versuchen, in der Dunkelheit der Höhle zu kämpfen. Und wenn die Drachen den Kampflärm hören würden, hätte er vielleicht keine Gelegenheit zu erklären, warum er hier war, bevor sie sich in den Kampf einmischten.

»Wir müssen ihnen einen Grund geben, hier herauszukommen«, sagte er.

»Rem kann das erledigen, nicht wahr, Rem?«

Der Fuchs zwitscherte und schmiegte sich an Eira, ganz wie ein Hund.

»Ich nehme an, er hat ja gesagt?«

»Und gerade eben dachtest du noch, Tiere könnten nicht sprechen. Du lernst schnell.«

Caden schnaubte und schüttelte den Kopf. »Ich wäre lieber dort oben, wenn sie herauskommen. Vielleicht können wir uns zwischen den Felsen verstecken.«

»Gute Idee.«

Sie kletterten auf den Vorsprung hinauf, und Caden versteckte sich hinter einer Gruppe von Felsen auf der linken Seite. Eira sprintete über den Felsvorsprung und kletterte die Bergwand rechts von der Höhle hinauf, um eine Position über dem Eingang einzunehmen. Sie nahm ihren Bogen von der Schulter und legte einen Pfeil ein. Caden zog sein Schwert und neigte seinen Hals nach beiden Seiten, bis es knackte, dann lockerte er seine Schultern. Er nickte Eira zu, und Rem lief in die Höhle.

Caden hielt den Atem an und wartete. Ein Tumult hallte aus der Höhle, und Rem sprintete ins Blickfeld, sprang über den Vorsprung und verschwand. Caden passte seinen Griff am Schwertgriff an, als ein großer, bulliger Mann heraustrat, der eine große Axt trug. Bevor Caden ihn angreifen konnte, schoss Eira ihren Pfeil ab und traf den Mann in den Rücken. Seine Brust wurde durch den Schwung nach vorne gestoßen, und er taumelte ein paar Schritte, bevor er stolperte. Er fiel über den Vorsprung und stürzte auf das Plateau darunter. Alles wurde still, und für einen Moment dachte Caden, die anderen Soldaten würden nicht kommen.

»Jon! Wo bist du hin?«

Ein zweiter Soldat, dieser kleiner als der erste, trat aus der Höhle und schaute nach links und rechts. Caden blickte zu Eira, die ihm zunickte und signalisierte, dass dieser für ihn bestimmt war. Er trat hinter den

Felsen hervor und stürmte auf den Mann zu, sein Schwert blitzte im Sonnenlicht.

Der Mann hatte kaum Zeit, sein Schwert zu ziehen, aber er brachte es gerade noch rechtzeitig hoch, um Cadens Schlag zu blocken. Das Klirren ihres Stahls hallte von der Bergseite wider, und die alarmierten Rufe der anderen Soldaten mischten sich in die Kakophonie.

Caden täuschte einen Schlag nach links an und schlug nach rechts, aber der Soldat parierte den Hieb. Er setzte mit einem Tritt gegen das Knie nach, und der Soldat stolperte. Die Gelegenheit nutzend, zielte Caden auf die schmale Linie zwischen der Rüstung des Mannes und stieß sein Schwert in die Brust des Soldaten. Die übrigen Soldaten kamen aus der Höhle, vorübergehend erschrocken von der Szene.

Ein Pfeil traf einen von ihnen am Kopf und bespritzte die anderen mit Blut. Bevor Caden einen weiteren Gegner angreifen konnte, erledigte Eira den Rest von ihnen mit tödlicher Genauigkeit, ihre Pfeile *surrten* durch die Luft. Als der Kampfrausch vorbei war, wischte Caden sein Schwert an einem der Körper ab und steckte es in die Scheide, dann betrachtete er die Gesichter der

Männer. Sie trugen das Emblem von Lord D'Lance, aber es waren keine Runenmeister.

»Das war einfach genug«, sagte Eira und gesellte sich zu ihm. »Schau dir aber ihre Augen an. Sie sehen aus ...«

»Krank?«, bot Caden an. »Das dachte ich auch. Zuerst dachte ich, es wäre der Blick des Wahnsinns, aber das ist etwas anderes.«

Caden blickte mit erneuter Besorgnis zum Höhleneingang.

9

Da sie bald abreisen würde, gab Areg Mina einen freien Tag vom Training. Er half ihr, Vorräte für die Reise zu packen, und schenkte ihr anschließend einen dicken Reiseumhang. Sie versuchte, ihn abzulehnen, aber der Elf ließ nicht mit sich reden.

Da sie sonst nichts zu tun hatte, schlenderte sie zur Kammer, in der Lireth untergebracht war. Der Drache lief diesmal nicht auf und ab. Stattdessen hatte sie sich auf dem Boden zusammengerollt. Mina spähte durch die Glaswand und ihre Blicke trafen sich.

Der Duft von Rose und Orchidee erfüllte die Luft, und Mina wusste ohne jeden Zweifel, dass Lireth sehr wohl wusste, was jenseits ihres Gefängnisses vor sich ging.

»Du weißt, dass sie kommen, um dich zu holen, nicht wahr?«, flüsterte sie zu sich selbst.

Dieser Ort wird brennen, sagte Lireth und drang in Minas Gedanken ein. Sie keuchte überrascht auf und drängte den Drachen zurück, indem sie eine mentale Mauer errichtete. Lireth grollte herzlich, dann blickte sie finster drein, als Gedrith durch die Halle zu Mina eilte.

Deine draman werden es nie durch die Wüste schaffen, antwortete Gedrith und ließ Mina seine Antwort hören. *Und wenn doch, werden wir sie wie Ameisen zerquetschen.*

Das werden wir sehen, knurrte Lireth.

In der Tat, das werden wir.

Die beiden Drachen starrten sich einen Moment lang an, bevor Lireth der Höhlenwand den Rücken zukehrte.

Komm mit mir, sagte Gedrith zu Mina.

Er führte sie durch die Tunnel, bis sie zu einem Bereich kamen, den Mina noch nie gesehen hatte. Anders als der Rest des Ortes war diese Kammer nicht hell erleuchtet. Gedrith hielt an der Schwelle inne, um seinen Kopf in ihre Richtung zu drehen.

Ich kann gut genug sehen, sagte sie.

Er betrat die Höhle und Mina folgte ihm, ihre Augen gewöhnten sich langsam an das Dämmerlicht. Als sie es taten, erstarrte sie vor Erstaunen. Ein buchstäblicher Hügel aus Münzen erhob sich vom Boden. Gold, Silber,

Bronze ... Mina schätzte, dass der Wert all dessen genug war, um selbst mit dem Reichtum des Hohen Fürsten zu konkurrieren.

Nimm, was du für unsere Reise brauchst.

Woher kommt das alles?

Aus allen Teilen der Herrschaftsgebiete.

Mina hatte die Beute von Lord Klodians Jagden schon einmal gesehen, aber das hier war schwer zu begreifen.

Da gibt es etwas, das mich schon immer neugierig gemacht hat. Warum horten Drachen Geld?

Es hat für uns keinen Wert, sagte Gedrith. Nicht in der Art, wie es ihn für Menschen hat. Wir haben es aus praktischeren Gründen.

Was meinst du damit?

Wenn wir noch in unseren Eiern sind, haben unsere Schuppen keine Farbe. Wir sind von Natur aus durchsichtig. Diese Münzen werden aus Mineralien in der Erde abgebaut, und diese Mineralien geben uns unsere Farbe. Je größer der Hort, desto mächtiger ist ein Drache, wenn er schlüpft.

Mina runzelte die Stirn. Ich verstehe nicht. Hier gibt es ganz unterschiedliche Münzen. Wie können die Schuppen eines Drachen dann nur eine Farbe haben?

Gedrith gluckste. Wir fühlen uns von Natur aus zu einem bestimmten Mineral *hingezogen. Obwohl verschiedene Metalle vorhanden sein mögen, beeinflusst nur das, auf das wir abgestimmt sind, unsere Farbe. Es ist ein Geheimnis, das wir selbst noch nicht entschlüsselt haben.*

Was ist mit den anderen Drachen? Den chromatischen wie Lireth?

Sie werden von Edelsteinen statt Metallen angezogen. Lireth bevorzugte wahrscheinlich Onyx oder Obsidian.

Horten nur weibliche Drachen Schätze?

Nein. Männchen tun es auch, wenn sie bereit für eine Partnerin sind.

Welches Metall hat dir deine Farbe gegeben?

Kupfer, antwortete Gedrith. Es war derselbe Name, den er ihr gegeben hatte, als sie sich zum ersten Mal trafen. Sie fand das amüsant.

Mina ging zu dem Münzhaufen und nahm eine Handvoll. Sie hielt sie hoch, um sie zu untersuchen. Auf allen waren verschiedene Inschriften. Sie erkannte einige aus dem Thophate-Herrschaftsgebiet und eine aus dem Dracan, aber die anderen waren ihr fremd. Die Münzen klirrten, als sie sie in ihren Geldbeutel steckte.

Ist das genug?

Mehr als genug, antwortete sie und ließ ihren Blick durch die Höhle schweifen. *Sind hier Eier drin?*

Ja, die sind hier.

Gedrith kam näher und benutzte eine Klaue, um vorsichtig einige Münzen beiseite zu schieben und ein riesiges Ei freizulegen. Es war ganz anders als das, das sie Lord Klodian abgenommen hatte.

Darf ich es berühren?

Gedrith schwieg einen Moment, und sie dachte, er würde es ablehnen. Schließlich senkte er den Kopf und stieß es aus den Münzen. Mina streckte die Hand aus und legte sie auf das Ei. Ein stetiger Puls schlug gegen die Schale, und ihre Augen weiteten sich. Sie war gleichzeitig erstaunt und demütig, und Tränen brannten in ihren Augen.

Das ist unglaublich, sagte sie. Sie fuhr mit der Hand über die Schale und spürte die vielen Rillen und ihre harte Textur. *Wie lange dauert es, bis ein Drache schlüpft?*

Das hängt vom Drachen ab. Jedes Schlüpfling ist anders.

Mina konnte nicht anders, als ein Gefühl der Ehrfurcht zu empfinden, als sie das Ei betrachtete. Sie fragte sich, was für ein Drache daraus schlüpfen würde und was sein Schicksal sein würde. Würde er wie Lireth *sein, böse und für die Ewigkeit eingesperrt? Oder würde er edel wie Gedrith sein, frei, um die Lüfte zu durchstreifen?*

Wir sollten jetzt gehen, sagte Gedrith. Die Eier sollten ungestört bleiben.

Mina nickte und nahm widerwillig ihre Hand von dem Ei. Sie beobachtete, wie Gedrith es wieder an seinen Platz bettete, dann eine Klaue voll Münzen aufnahm und es wieder vergrub.

Werden Drachen schon mit dem Wissen um ihren Lebenszweck geboren, oder müssen sie ihn wie Menschen erst entdecken? Und ist ihr Zweck eine Frage der Wahl, oder sind sie vom Schicksal bestimmt?

Gedrith lachte leise, das Geräusch hallte von den Höhlenwänden wider. Wir werden mit einem angeborenen Wissen über einige Dinge geboren, aber unser Schicksal liegt in unserer eigenen Hand.

Was ist mit der Bindung an mich? Das war keine Wahl von deiner Seite. Es war eher ein Zufall als alles andere. Es ist möglich, dass das das Werk des Schicksals sein könnte, oder?

Gedrith schwieg einen Moment. Vielleicht. Du hast mir etwas zum Nachdenken gegeben. Komm.

Sie folgte ihm aus der Höhle und trennte sich dann von ihm, um zu ihrer Kammer zurückzukehren. Alles, was sie mitnehmen wollte, war bereits gepackt, abgesehen von dem Umhang, den Areg ihr geschenkt hatte. Sie rollte ihn zusammen und legte ihn neben ihren Rucksack. Ein leises Rascheln erregte ihre Aufmerksamkeit, und als sie sich umdrehte, sah sie den Elfen am Eingang stehen.

»Es schön. Dich kennen.«

»Die Ehre ist ganz meinerseits«, erwiderte Mina. »Du hast mir so viel beigebracht. Ich stehe in deiner Schuld.«

»Keine Schuld. Gutes tun. Das zurückzahlen.«

»Ich werde mein Bestes geben.«

Mina ging auf ihn zu und kniete sich hin, sodass sie auf Augenhöhe mit dem Elfen war. »Du bist ein großer Krieger«, sagte sie. »Ich hoffe, ich beleidige dich nicht, aber darf ich dich umarmen?«

Ein Grinsen breitete sich auf Aregs Lippen aus und er schlang seine Arme um sie, drückte sie fest an sich. Er war stärker, als er aussah, und sie erwiderte die Umarmung.

»Danke für alles.«

»Nicht gehen. Erst essen.«

»Essen?«

»Fest. Enklave Ehre erweisen.«
»Wem?«
»Dir.«

10

»Können Drachen Menschen kontrollieren? Das scheint unmöglich. Sie sind doch nur wilde Tiere.«

Caden überlegte, ob er ihr die harte Realität ersparen sollte, entschied sich aber dagegen. Es würde ihr nichts nützen, das zu glauben. Sie würden sich schließlich trennen, und nachdem Lireth die Enklave zerstört hätte, könnte die ganze Menschheit ihr nächstes Ziel sein. Es war besser, ihr eine Überlebenschance zu geben. Zumindest sagte ihm das sein Gewissen.

»Drachen sind viel mehr als wilde Tiere. Im Gegensatz zu deinem Fuchsfreund hier können sie viel mehr als nur sprechen.«

Eiras Gesicht verzog sich vor Verwirrung. »Was meinst du damit?«

»Es ist zu viel zu erklären, aber sie sind fühlende Wesen, mächtiger als wir wissen.«

»Also können sie Menschen doch kontrollieren?«

Caden dachte an seine Verbindung mit Lireth. Hatte sie seinen Willen übernommen und ihn kontrolliert? Er glaubte nicht, aber...

»Das könnte möglich sein«, sagte er. »Ich weiß es nicht mit Sicherheit.«

»Dann müssen wir sie töten.«

»Nein.«

»Warum nicht?«

»Es würde einen Dominion-Lord mit der Kraft vieler Runenmeister brauchen, um einen einzigen Drachen zu töten. Ich bin sicher, da drin ist mehr als einer, und selbst wenn wir sie töten könnten, will ich das nicht. Ich brauche ihre Hilfe.«

Eira starrte ihn neugierig an und wartete auf eine Erklärung.

»Es ist eine komplizierte Geschichte, und eine, die ich nicht erzählen möchte. Wir können uns jetzt trennen, wenn du willst. Ich verstehe, wenn du dich nicht einmischen möchtest.« Caden blickte auf die toten Soldaten. »Ich bin dir so oder so dankbar für deine Hilfe mit diesem Haufen.«

»Ich habe viele Fragen, aber ich weiß, wann es am besten ist, nicht nachzubohren.« Sie machte eine Pause. »Ich werde diese

Aufgabe mit dir zu Ende bringen, wenn auch nur, um meine Neugier zu befriedigen.«

Caden lachte leise. »Na gut. Wenn die Dinge nicht nach Plan laufen, flieh. Ich brauche keine Heldin, die versucht, meine Haut zu retten.«

Eira neigte den Kopf, sagte aber nichts. Caden drängte nicht weiter. Wenn sie sich dem sicheren Tod stellen wollte, war das ihre Entscheidung. Er steckte sein Schwert in die Scheide, wischte sich den Schweiß, der sich auf seiner Stirn gesammelt hatte, mit dem Handrücken ab und betrat die Höhle.

Die Luft war kühl und feucht, eine willkommene Abwechslung von der zunehmenden Hitze draußen. Er trat vorsichtig auf, um keine losen Steine zu treten. Eira war genauso leise wie Rem, und er musste über seine Schulter blicken, um sicherzugehen, dass sie ihm folgte.

Die Dunkelheit wurde allumfassend, und Caden musste sich an der Wand entlangtasten, um zu wissen, wohin er ging. Eira tippte ihm auf die Schulter und brachte ihn zum Stehen.

»Rem kann uns führen«, flüsterte sie.

»Bitte«, antwortete er, dankbar für die Hilfe. Blind zu gehen würde sie wahrscheinlich umbringen, besonders wenn sie unwissentlich auf die Drachen stoßen würden. Er spürte, wie der Fuchs an seinem Bein vorbeistreifte und die Führung übernahm, aber ihm wurde klar, dass sie immer noch das gleiche Problem hatten. Rem konnte in der Dunkelheit sehen, aber sie nicht.

Als ob er seine unausgesprochene Sorge beantwortet hätte, erleuchtete ein schwaches grünes Licht den Tunnel. Rem blickte zurück, und Caden sah das Licht aus den Augen des Fuchses leuchten. Sein Herz klopfte in seiner Brust bei diesem unheimlichen Anblick, aber Rem wandte seinen Blick nach vorne und trottete lautlos weiter.

Es gab nun keinen Zweifel mehr daran, dass der Fuchs ein magisches Wesen war. Er war froh, sie als Verbündete zu haben. Der Tunnel erstreckte sich über ein paar hundert Meter, bevor er abwärts führte und sich in eine riesige Kammer öffnete. Rems Augen hörten abrupt auf zu leuchten, und bevor Caden fragen konnte, warum, hörte er ein Zischen, das von den Höhlenwänden widerhallte.

Instinktiv griff seine Hand nach dem Griff seines Schwertes, aber er wusste, dass es töricht war. Die Klinge war nutzlos gegen solche Kreaturen. Er machte einen einzigen

Schritt, und das Geräusch hörte auf. Er presste die Kiefer zusammen und bereitete sich auf das Schlimmste vor.

Ich kann dich riechen, durchdrang eine Stimme seinen Geist. Sie überwältigte seine Sinne, bei weitem nicht so kontrolliert wie Lireths Stimme.

Dann musst du meinen Geruch erkennen.

Es herrschte nur Stille, also fuhr er fort.

Ich bin im Auftrag von Lireth hier. Die Enklave hat sie gefangen genommen, und ich suche eure Hilfe, um sie zu befreien.

Er hörte mehrere Gestalten, die sich in der Dunkelheit bewegten, und er kämpfte gegen den Drang an, sich umzudrehen und wegzulaufen.

Wenn Lireth schwach genug war, um gefangen genommen zu werden, dann verdient sie ihr Schicksal bei der Enklave. Verschwinde, Mensch, bevor ich dich zu nichts als einem Haufen Asche mache.

Caden hatte befürchtet, dass sie ablehnen könnten. Er musste das gleiche Maß an Furcht einflößen wie Lireth, aber wie sollte er das tun, wenn er keine Bedrohung für sie darstellte? Etwas kitzelte am Rande seiner Sinne. Es war schwach, also wusste er, dass es nicht der Drache war. Er schloss die Augen und streckte seinen Geist aus. Wie ein Blitz spürte er Lireths Präsenz in sein Wesen eindringen.

»Narren!«, zischte sie durch seinen Mund. »Ihr werdet mit meiner Armee zu den Langen Sanden kommen, oder ihr werdet meinen Zorn zu spüren bekommen!«

Genauso schnell, wie sie gekommen war, war sie wieder weg. Caden sank auf die Knie, überwältigt von Schwäche. Die Runen an seinem Hals brannten, und er griff nach hinten, rieb sie schwach mit seiner rechten Hand. Er versuchte, sich durch die Verbindung mit ihr zu verbinden, aber wie zuvor gab es nichts als einen leeren Abgrund am anderen Ende. Obwohl er sie nicht spüren konnte, wusste sie, was um ihn herum geschah.

Eira schob ihre Hand unter seine Achselhöhle und half ihm wieder auf die Füße. Die Schwäche verging, und das Zittern verließ seine Knie. Er holte tief Luft und sprach laut.

»Ihr habt den Befehl unserer Herrin gehört. Entscheidet selbst, was ihr tun werdet. Ihr könnt uns am selben Ort finden, an dem wir vor der Schlacht bei Velbridge waren, aber es wäre nicht klug, gesehen zu werden. Der Hohe Prinz hat seine Männer in der Gegend auf Patrouille, und wir brauchen nicht mehr Probleme, als wir ohnehin schon haben. Trefft uns am Rande der Dracan-Dominion und seid bereit zu kämpfen. Die Enklave wird Lireth nicht freiwillig aufgeben.«

Caden wartete einen Moment, um zu sehen, ob die Drachen antworten würden, aber sie sagten nichts.

»Bring uns hier raus«, sagte er zu Rem und hoffte, der Fuchs würde tun, worum er ihn bat. Das grüne Leuchten aus den Augen der Kreatur flutete die Höhle, und Caden sah drei schwarze Drachen, die ihn anstarrten. Rem huschte den Tunnel hinunter, und die Dunkelheit kehrte zurück. Zufrieden, dass er alles getan hatte, was er konnte, drehte sich Caden um und folgte Rem und Eira zurück zum Vorsprung.

Sie traten aus der Höhle, und Caden blinzelte gegen das Sonnenlicht. Eira stand an seiner Seite, aber er fand es unmöglich, ihren Gesichtsausdruck zu lesen. Rem beobachtete ihn neugierig, den Kopf zur Seite geneigt.

»Ich schätze, hier trennen sich unsere Wege«, sagte er und blickte über die Landschaft. Es war ein langer Weg zum Lager, und trotz seiner Erschöpfung war er begierig darauf, zurückzukehren.

»Ich bin mir nicht sicher, was da gerade passiert ist, aber ich bin jetzt zu sehr involviert, um einfach zu gehen. Ich komme mit euch. Wenn ihr mich mitnehmen wollt, versteht sich.«

Rem jaulte, und Eira lächelte. »Wenn du *uns* mitnehmen willst.«

»Es wird gefährlich sein«, warnte er.

»Ich war noch nie jemand, der vor einer Herausforderung zurückschreckt.«

»Du wirst Dinge sehen, für die es keine Erklärung gibt ... seltsame Dinge.«

»Gut. Wir sollten aufbrechen, wenn wir gute Fortschritte machen wollen, bevor wir unser Lager aufschlagen.«

Caden beobachtete, wie Eira den Felsvorsprung hinunterkletterte. Sie blieb vorerst ein Rätsel, aber mit der Zeit würde sich alles offenbaren. Er machte sich auf den Weg den Berg hinunter, Entschlossenheit leitete seine Schritte.

Lireth war immer noch bei ihm, auch wenn er ihre Gegenwart nicht spüren konnte.

11

Am nächsten Tag kam Mina nur langsam aus dem Bett. Sie hatte zu viel gegessen und war müde vom späten Aufbleiben. Obwohl Drachen keinen Alkohol tranken, konnten sie durchaus ein großartiges Fest veranstalten. Sie stöhnte, als sie in ihre Stiefel schlüpfte. Während sie sich den Schlaf aus den Augen rieb, bemerkte sie, dass Areg am Eingang ihrer Kammer wartete.

»Lang geschlafen«, sagte er mit einem Grinsen auf den Lippen.

»Wie kannst du morgens nur so gut gelaunt sein?«

Der Elf zuckte mit den Schultern. »Von Natur aus.«

Mina wünschte, sie hätte so viel Energie wie er. Sie unterdrückte ein Gähnen und schnallte sich ihr Schwert um, dann griff sie nach ihrem Rucksack neben dem Bett. Sie warf einen Blick durch den Raum und beschloss, dass sie bereit war. Obwohl sie sich darauf freute, wieder unter Menschen zu sein, war sie nervös. Was, wenn die Welt die Drachen nicht mehr so akzeptierte wie früher?

Du bist wach, unterbrach Gedriths Stimme ihre Gedanken. *Gut. Komm hier rauf. Wir müssen los.*

Mina spürte etwas Drängendes hinter seinen Worten. *Sandwyrm?*

Ich erkläre es unterwegs.

»Was ist da draußen los?«, fragte sie Areg.

»Draman marschieren.«

Mina eilte an dem Elfen vorbei und rannte durch die Tunnel. Gedrith wartete am oberen Ende des abschüssigen Eingangs auf sie. Die Sonne stand bereits hoch am Himmel, und sie blinzelte gegen die Helligkeit. Sie schnallte sich den Rucksack über die Schulter und kletterte auf seinen Rücken. Bevor sie etwas sagen konnte, sprang Gedrith in die Luft. Er schlug mit seinen mächtigen Flügeln und stieg immer höher, dann wandte er sich nach Westen.

Areg sagte, die Draman marschieren. Kommen sie in unsere Richtung?, fragte Mina.

Wir sind uns nicht sicher, aber es wäre töricht, nicht davon auszugehen.

Wie nah sind sie?

Ein paar Tage entfernt. Ihr Vormarsch ist langsam, aber sie reisen nach Osten. Wir müssen sie aufhalten, bevor sie die Wüste erreichen.

Kommen noch mehr Drachen zur Hilfe?
Nein.

Wie sollen wir sie alleine aufhalten?

Wir müssen denjenigen beseitigen, der sie führt. Wenn er weg ist, sollten die Draman den Wunsch verlieren, Lireth zu befreien.

Caden. Das Bild von ihm, an die Wand in Lord Culvers Kerker gekettet, hatte sich in ihr Gedächtnis eingebrannt. Sie hatte nicht damit gerechnet, dass er entkommen würde, aber sie hatte auch nicht damit gerechnet, dass sich die Draman neu formieren würden. Ihn erneut einzusperren war keine Lösung. Das wusste sie, auch wenn sie es nicht zugeben wollte. Er würde sterben müssen. Das war der einzige Weg, seine Verbindung zu Lireth zu kappen. Sie stählte ihr Herz, wohl wissend, dass sie ihn mit ihrer Klinge töten müsste, wenn Gedrith ihn nicht mit Feuer tötete. Minas Magen verkrampfte sich vor Unbehagen. Sie wollte ihn nicht töten, aber sie wusste, dass es notwendig war.

Während sie flogen, blickte sie auf die Landschaft hinunter. Sie überflogen blaue

Flüsse und grüne Wälder, aber ihre Gedanken waren woanders. Sie dachte an Caden, an die Freundschaft, die er ihr angeboten hatte, als sie sich zum ersten Mal trafen. Er hatte sich bereitwillig in Gefahr gebracht, um sie vor Thais zu verteidigen. Mina lächelte bei der Erinnerung und vergaß für einen Moment, was kommen würde.

Mit zunehmender Entfernung wuchs Minas Erschöpfung. Sie legte sich an Gedriths Hals und schloss die Augen, nur um sie für einen Moment auszuruhen. Dunkelheit überkam sie, doch sie schreckte auf, als sie das Gefühl hatte zu fallen. Erleichtert stellte sie fest, dass sie immer noch sicher auf Gedriths Rücken saß, obwohl sich die Landschaft unter ihnen verändert hatte.

Wo sind wir?, fragte sie.
Wir nähern uns der Dracan-Herrschaft.
Schon?
Du hast eine Weile geschlafen.
Mina setzte sich auf und streckte ihren Nacken, in dem sie einen Knoten spürte. Der Wind peitschte ihr Haar umher, und sie schob die Strähnen beiseite und starrte auf den Boden hinunter. Sie flogen über Ackerland, und die verschiedenfarbigen Felder stachen

aus der umgebenden Landschaft hervor. Sie sah jedoch keine Anzeichen von den Draman.

Weißt du, wo sie sind?

Sie sollten in den Wäldern außerhalb von Velbridge sein.

Gedrith beschleunigte, und der Wind peitschte Mina entgegen. Sie klammerte sich fest an Gedriths Nackenschuppen und hielt den Kopf gesenkt, um ihre Augen zu schützen. Sie blieb in dieser Position, bis er sein Tempo verlangsamte, dann hob sie den Kopf, um zu sehen, wo sie waren.

Die Ruinen der Stadt Velbridge erstreckten sich unter ihnen. Es war ein Anblick, der sowohl ehrfurchtgebietend als auch herzzerreißend war. Die einst große Stadt war nur noch ein Schatten ihrer früheren Pracht. Die Gebäude waren leere Hüllen, zerfallen und verkohlt, während die Straßen mit Trümmern und Asche übersät waren. Es gab kein Anzeichen von Bewegung, und Mina wusste, dass die Lebenden den Ort verlassen hatten.

Die Feuer müssen die ganze Stadt niedergebrannt haben, sagte sie. *Wo sind all die Menschen hin? Das war die Heimat von Tausenden.*

Sie sind sicher in alle Winde zerstreut. Es macht keinen Sinn, an einem solchen Ort zu bleiben.

Gedrith landete nahe dem Stadtzentrum, und Mina kletterte seine Schulter hinunter, um inmitten der Trümmer zu stehen. Nichts war wiederzuerkennen. Sie konnte nicht einmal ausmachen, wo sie Lord D'Lance getötet hatte.

Ich rieche sie, brummte Gedrith.

Mina suchte die Trümmer ab, aber es gab weder Bewegung noch irgendein Lebenszeichen.

Lass uns nach ihnen suchen, sagte Mina.

Die beiden überquerten Trümmerhaufen und bewegten sich nach Osten in Richtung des Waldes. Asche bedeckte alles, und als sie die verkohlte Mauer erreichten, waren Minas Stiefel schwarz vom Ruß. Sie trat durch einen zerstörten Eingang, das Tor fehlte vollständig. Selbst die Scharniere waren verschwunden. Gedrith sprang über die Mauer, sein Schwanz streifte die oberen Steine. Einige fielen klirrend zu Boden.

Sie stapften über ein kurzes, kahles Feld und betraten den Wald. Die äußere Baumreihe war tot, ihre Blätter verschwunden und ihre Stämme geschwärzt. Mina konnte nicht glauben, wie weit die

Verwüstung reichte, aber als sie tiefer in den Wald vordrangen, kehrten die Anzeichen von Leben zurück.

Der Geruch von brennendem Holz erreichte Minas Nase, und sie zog ihr Schwert. Sie wandte sich zu Gedrith und bedeutete ihm, dort zu bleiben, wo er war. Die Bäume vor ihnen waren dichter, und er würde Schwierigkeiten haben, ohne zu viel Lärm durchzukommen.

Ich werde vorausschleichen, sagte sie ihm.

Gedrith blieb stumm, und sie pirschte so leise wie möglich vorwärts. Stimmen drangen durch die Luft, und sie spähte durch das Gebüsch und sah eine Lichtung. Eine Gruppe von Draman hatte sich um ein Lagerfeuer versammelt. Etwas weiter entfernt war eine weitere Gruppe, und noch eine. Minas Augen wanderten von einer zur nächsten, und ihr wurde schnell klar, dass es Dutzende, wenn nicht Hunderte dieser Kreaturen waren.

Es sind viele Draman hier.

Kümmere dich nicht um sie. Suche nach dem Menschen, der sie anführt.

Mina musterte das Lager, konnte Caden aber nirgends entdecken. Sie schlich näher heran und kniff die Augen zusammen, um die weiter entfernten Gruppen besser zu sehen. Vielleicht war das Einzige, was an der großen

Anzahl von Draman gut war, dass Caden unter ihnen nicht zu übersehen wäre. Die Draman am Lagerfeuer unterhielten sich, aber sie konnte nicht verstehen, was sie sagten. Sie näherte sich vorsichtig der Lichtung, ihr Herz raste wie wild.

Das Knacken eines Zweigs unter ihrem Stiefel ließ sie erstarren. Sie schluckte schwer und wartete. Die Draman schienen das Geräusch nicht bemerkt zu haben. Erleichtert atmete sie aus und machte einen Schritt, bevor etwas Schweres sie von hinten rammte und zu Boden warf. Blätter und Staub bedeckten ihr Gesicht, und Mina rappelte sich schnell auf, nach ihrem Schwert suchend.

Ein Draman ragte über ihr auf, seine Schuppen glänzten wie poliert. Die Kreatur fletschte die Zähne, und sie griff nach ihrer Klinge und trat einen Schritt zurück. Sie hob das Schwert und nahm eine Verteidigungshaltung ein, wusste aber, dass sie in Schwierigkeiten steckte. Die Massen von Draman hinter ihr näherten sich rasch, aber sie wagte es nicht, einen Blick über ihre Schulter zu werfen.

Der Boden bebte und schickte Vibrationen durch ihre Waden. Der Draman, der sie umgeworfen hatte, sah sich um, sein reptilienartiges Gesicht runzelte sich in etwas, das sie für Verwirrung hielt. Gedrith brach durch die Bäume, seine massive Klaue zerquetschte den Draman fast mühelos.

Tut mir leid, sagte sie, während sie sich umdrehte, um der anrückenden Horde entgegenzutreten. *Ich hab den da nicht gesehen.*

Gedrith stieß ein ohrenbetäubendes Brüllen aus und stürmte vorwärts. Mina umklammerte den Griff ihrer Klinge fester und rannte ihm hinterher.

12

Der Rückweg zum Lager dauerte weniger lang als Cadens Ausflug in die Wildnis, hauptsächlich weil Eira die Führung übernahm. Sie kannte die Landschaft besser als er, und Caden wurde klar, dass er ursprünglich einen viel längeren Weg genommen hatte. Sie kamen spät in der Nacht an, und zu seiner Überraschung schien sie von der Anwesenheit der Draman nicht überrascht zu sein. Bast gab ihr ein Zelt, das sie sich mit Rem teilte, und Caden fiel müde in seinen eigenen Pavillon.

Er schlief traumlos, und als er die Augen öffnete, wurde ihm klar, dass etwas ihn geweckt hatte. Das Klirren von Stahl, Schmerzensschreie und das Brüllen eines Drachen. Caden sprang von seiner Schlafmatte auf und zog hastig seine Stiefel und Rüstung an, dann stolperte er aus seinem Zelt und blickte zum Himmel.

Es war schwierig, etwas jenseits des Blätterdachs des Waldes zu erkennen, aber es schienen keine Drachen am Himmel zu sein. Mehrere Draman eilten an ihm vorbei in Richtung der Ruinen von Velbridge.

»Was ist los?«, rief er.

»Wir werden angegriffen!«

Caden fluchte und folgte ihnen, während er sein Schwert zog. Als er sich der Schlacht näherte, entdeckte er einen riesigen roten Drachen. Warum griff ein Drache sie an? Rebellierte er gegen Lireths Befehl, ihrer Armee zu helfen?

Und dann sah er einen Menschen, eine Frau, die mit einem Draman die Klingen kreuzte. Ihr blondes Haar peitschte umher, als sie sich drehte und wendete. Sein Herz setzte einen Schlag aus.

Es war Mina.

Eine Welle widersprüchlicher Gefühle überkam ihn. Ein Teil von ihm war erleichtert zu sehen, dass sie am Leben und wohlauf war, und der andere Teil... nun, er wollte sie dafür bezahlen lassen, dass sie ihn in einem Kerker verrotten ließ. Er beobachtete, wie sie kämpfte, beeindruckt von ihren Schwertfähigkeiten. Sie hatte offensichtlich trainiert.

Mina parierte den Schlag des Dramans und zwang dessen Klinge weit nach außen, dann trat sie vor und rammte den Knauf ihres Schwertes in die Schnauze des Dramans. Das Geschöpf taumelte von dem Schlag zurück, schrie aber nicht vor Schmerz auf. Draman waren aus härterem Holz geschnitzt als Menschen, eine Tatsache, die Caden weiterhin bewunderte.

Er beobachtete sie noch einen Moment länger, dann rief er ihren Namen. Alle Augen richteten sich auf ihn, auch ihre. Sie versteifte sich kurz, aber lange genug, dass er die Reaktion bemerkte. War es Überraschung ... oder Angst?

Caden hatte keine Zeit, darüber nachzudenken, da Minas Drache seinen Blick traf. Er hob sein Schwert, stieß einen Kampfschrei aus und stürmte vorwärts. Der Drache schlug mit den Flügeln, und eine kräftige Windböe ließ die nahestehenden Draman nach hinten taumeln. Zu weit entfernt, um betroffen zu sein, verlangsamte Caden sein Tempo und änderte die Richtung, stattdessen auf Mina zuhaltend.

Er war nur wenige Meter entfernt, als ihr Drache ein ohrenbetäubendes Brüllen ausstieß, das den Boden unter seinen Füßen erzittern ließ. Mina zuckte nicht zusammen.

Sie schwang ihr Schwert in einer fließenden Bewegung und kam auf ihn zu. Caden wich dem Angriff aus und konterte mit einem schnellen Hieb. Das Klirren von Metall hallte von den Bäumen wider, als ihre Klingen aufeinandertrafen.

»Was machst du hier?«, verlangte er zu wissen.

»Das könnte ich dich genauso gut fragen«, erwiderte Mina. »Du solltest in Lord Culvers Kerker sein.«

Er konnte es in ihren Augen sehen. Die Angst. Und es schürte nur seinen Zorn. Wie konnte sie es wagen, ihn in dieser Zelle zurückzulassen? Sie hatte ihn verraten, und er konnte ihr das nicht verzeihen. Ihre Worte kamen ihm wieder in den Sinn.

Unsere Schicksale mögen miteinander verflochten sein, aber sie sind nicht vereint.

Sie hatte Recht. Obwohl er für sie empfand, wusste er, dass seine Gefühle ihn täuschten. Ihre Wege waren zu unterschiedlich, ihre Ziele standen im Widerspruch zueinander.

»Es tut mir leid«, sagte er.

Ihr Gesichtsausdruck wandelte sich von Wut zu Verwirrung, und sie wich ein paar Schritte zurück. Das war alles, was er brauchte. Mit gesenkter Deckung stürmte er nach vorne, die Spitze seines Schwertes auf ihre Kehle gerichtet. Mina wich dem Stoß geschickt aus, und er erkannte, dass ihre Verwirrung nur gespielt war. Sie griff ihn erneut an, und Caden parierte den Angriff.

»Warum tust du das?«, fragte sie. »Warum folgst du Lireth immer noch nach allem, was sie getan hat?«

»Du hast mich verraten«, sagte Caden.

»Ich habe dich verraten? Du bist derjenige, der einen dunklen Pfad eingeschlagen hat. Dein Drache ist böse, Caden! Wie kannst du das nicht sehen?«

Sie umkreisten einander, beide vorsichtig. Caden dachte, er hätte mehr Erfahrung mit dem Schwert als sie, aber wer auch immer sie trainiert hatte, hatte gute Arbeit geleistet. Sie waren einander ebenbürtig, und er wusste, dass der einzige Weg zu gewinnen darin bestand, sie zu entwaffnen. Aus dem Augenwinkel konnte er sehen, dass ihr Drache gegen einen Schwarm von Draman kämpfte. Er musste das schnell beenden, bevor das Biest seine Männer abschlachtete und ihn als Nächstes tötete.

Caden täuschte einen Stoß vor und schwang dann sein Schwert nach rechts, in der Hoffnung, sie zu überraschen. Mina wirbelte zur Seite und durchschaute seinen

Trick. Sie tauschten Schläge aus, ohne dass einer von beiden die Oberhand gewann.

»Ergib dich«, keuchte Mina. Schweißtropfen rannen ihr Gesicht hinab.

»Nein.«

»Du wirst nie gewinnen, Caden. Du kämpfst für die falsche Seite.«

»Da irrst du dich. Hör auf zu versuchen, mich umzustimmen. Wir haben unsere Wege gewählt, und ich habe vor, meinen bis zum Ende zu gehen.«

Cadens Muskeln brannten von der Anstrengung seiner Bemühungen. Die Erschöpfung überkam ihn, und er war sich nicht sicher, wie lange er den Kampf noch fortsetzen konnte. Seine Streitkräfte waren Mina und ihrem Drachen zahlenmäßig weit überlegen, aber es gab nichts, was einen Drachen besiegen konnte. Zumindest nichts, was Caden zur Verfügung stand.

Mina stürzte sich auf ihn und riss ihn aus seinen Gedanken. Er blockte ihren Schlag, aber es lag eine unnatürliche Kraft hinter ihrem Hieb, und ihr Schwert zerschmetterte seines in Stücke. Caden starrte fassungslos auf die zerbrochene Klinge in seinen Händen. Mina war keine Runenmeisterin, woher also kam ihre Stärke? Sie richtete ihr Schwert auf seine Kehle. Er blickte zu ihr auf und konnte den Triumph in ihren Augen sehen.

»Es ist vorbei«, sagte sie. »Du hast verloren.«

Ein vielstimmiges Brüllen erfüllte die Luft, und Caden sah, wie Minas Augen nach oben zuckten. Das Selbstvertrauen in ihrem Gesichtsausdruck schwand. Er schlug auf die flache Seite ihrer Klinge und stieß sie von seinem Hals weg, dann versuchte er, ihr das Schwert aus der Hand zu ringen. Mina wehrte sich, und für einen intensiven Moment waren sie in einem ungewinnbaren Kampf gefangen. Mit derselben unnatürlichen Stärke drehte Mina die Klinge aus seinem Griff und trat ihm gegen die Brust, sodass er rückwärts zu Boden fiel.

Sie drehte sich um und floh zu ihrem Drachen, kletterte schnell an seiner Seite hoch. Caden rappelte sich auf die Füße und drehte sich in Richtung des Brüllens. Mehrere schwarze Drachen, die aus der Berghöhle, näherten sich dem Wald. Bast und eine Gruppe von Draman umringten ihn und bildeten einen schützenden Kreis.

»Sie haben sich entschieden zu kommen«, sagte Bast.

»Lireths Zorn kennt keine Grenzen«, erwiderte Caden. »Sie fürchteten, was passieren würde, wenn sie ihr nicht gehorchten.«

Er drehte sich um, um nach Mina zu sehen, und bemerkte, dass sie und ihr Drache bereits geflohen waren.

»Sollen wir sie verfolgen, mein Herr?«

Caden starrte einen Moment lang in die Ferne.

»Nein«, antwortete er und beschloss, sie vorerst entkommen zu lassen.

Ihr Tod würde viel süßer sein, wenn Lireth zusehen würde.

13

Ich hatte ihn! Wir müssen zurück!

Gedrith antwortete nicht. Er flog weiter nach Osten, weg vom Feind.

Dreh um!

Sei nicht töricht, tadelte Gedrith. *Wir hätten nicht gewinnen können. Nicht nachdem diese Drachen aufgetaucht sind. Sie sind genauso bösartig und grausam wie Lireth, und ich kann nur so viel tun.*

Caden hat verloren. Ich hatte ihn.

Und trotzdem hast du ihn nicht getötet, als du die Gelegenheit hattest. Du hast gezögert.

Minas Wut verpuffte. Sie wusste, dass er Recht hatte. Sie hatte sich tatsächlich zurückgehalten. Ein Teil von ihr sorgte sich immer noch um ihn, trotz allem, was passiert war. Aber sie konnte nicht zulassen, dass das ihr Urteilsvermögen trübte. Er hatte seine

Wahl getroffen und sie sogar bekräftigt. Es war jetzt ihre Pflicht, ihn aufzuhalten.

Wohin fliegen wir? fragte sie, um sich von ihren Gedanken abzulenken.

Gedrith sank herab und landete auf einem offenen Feld.

Wir warten.

Warten?

Wir werden warten und ihre Bewegungen beobachten. Wenn sie in Richtung der Langen Sande marschieren, werden wir zuschlagen, wenn die Zeit reif ist.

Was, wenn wir keine Chance bekommen, sie anzugreifen?

Gedrith grollte und zog seine Flügel an seinen Körper. *Dann werden wir sie in der Wüste bekämpfen.*

Mina stieg ab und setzte sich ins Gras, wobei sie sich mit dem Rücken an Gedriths Seite lehnte. Sie schloss die Augen und atmete tief ein. Die Schlacht hatte ihren Tribut gefordert, sowohl körperlich als auch emotional. Caden wäre fast ihrer Klinge zum Opfer gefallen, aber ihre Gefühle hatten sie wieder einmal durchkreuzt. Sie durfte nicht zulassen, dass ihre Gefühle ihr bei der Erfüllung ihrer Pflicht im Weg standen. Nicht noch einmal. Das gleichmäßige Heben und Senken von Gedriths Körper beruhigte ihren

Geist, und sie schob die turbulenten Gedanken beiseite.

Die Stunden zogen sich dahin, und schließlich ging die Sonne am Horizont unter. Mina hatte einen Hasen gefangen, der nun über einem kleinen Feuer kochte, das Gedrith für sie gemacht hatte. Sie hatte das Gras um das Feuer herum plattgedrückt und es mit Steinen umrandet, um zu verhindern, dass es sich ausbreitete und das ganze Feld in Brand setzte. Der Himmel war wolkenlos, und der Mond schien hell und spendete reichlich Licht.

Gerade als sie neben dem Feuer eindöste, hörte sie es. Das Marschieren von Soldaten. Minas Augen öffneten sich schlagartig, und sie stand auf, wobei ihre rechte Hand den Griff ihres Schwertes umfasste. Sie blickte zu Gedrith. Der Drache schlief. Mina weckte ihn, indem sie mit ihrer Klinge gegen seine Schulter stieß. Er öffnete die Augen, und sie reflektierten das Mondlicht, was sie an eine streunende Katze erinnerte, die sie einmal gesehen hatte. Beide wandten ihren Blick in Richtung des Geräusches.

In der Ferne flackerten Fackeln, und der rhythmische Klang von Stiefeln, die auf den Boden trafen, wurde stetig lauter.

Das können doch nicht die Draman sein, oder?

Gedrith starrte einen Moment lang schweigend in die Ferne, dann wandte er den Kopf, um sie anzusehen. *Sie sind es.*

Mina wusste, dass sie keine gewöhnlichen Menschen waren, aber die Strecke, die sie zurückgelegt hatten, schien eine unmögliche Leistung zu sein. Sie hatte sie eindeutig unterschätzt.

Wenn die Hauptstreitmacht so nah ist, sind die Drachen nicht weit, sagte Gedrith. *Wir müssen vorsichtig sein.*

Mina kam dann eine Idee, obwohl sie die Erfolgsaussichten nicht einschätzen konnte.

Wenn wir nah genug rankommen, um Caden zu finden, könnte ich versuchen, ihn mit einem Pfeil zu treffen.

Ich denke nicht, dass es das Risiko wert ist.

Du hast selbst gesagt, wenn wir dem Feind den Kopf abschlagen, werden die anderen ihren Willen verlieren.

Ich bin mir meiner Worte bewusst, aber selbst Drachen können sich irren. Und wie willst du ihn mit einem Pfeil treffen? Du hast keinen Bogen.

Noch nicht, erwiderte sie. *Wenn die Hauptstreitmacht hier ist, bin ich sicher, dass*

Späher in der Nähe sind. Ich kann mir einen von ihren nehmen.

Werde nicht überheblich in deinen Fähigkeiten. Selbstüberschätzung ist der Untergang vieler.

Ich bin nicht überheblich. Ich hatte gute Mentoren, die mir viel beigebracht haben.

Schmeichelei wird meine Meinung nicht ändern.

Einen Versuch war es wert, sagte Mina und lächelte den Drachen an.

Auch wenn mir das Risiko nicht gefällt, werden die Draman am Boden zerstört sein, wenn wir Lireths Marionette töten können. Geh und finde einen Bogen. Ich werde hier bleiben, bis du bereit bist.

Ohne zu zögern, sprintete Mina los. Sie hätte Gedrith lieber an ihrer Seite gehabt, besonders da sie in der Dunkelheit nicht so gut sehen konnte wie er, aber es war wahrscheinlich besser, dass er blieb, wo er war. Es wäre schwer, einen umherschleichenden Drachen zu übersehen, und wenn er in die Lüfte stiege, würden ihn die anderen Drachen sehen.

Sie rannte auf die Armee zu, ihr Schwert hinter sich gerichtet. Als sie näher kam, konnte sie die tiefen, gutturalen Stimmen der Draman hören. Sie marschierten in einer lockeren Formation und schienen sich keine Sorgen um potenzielle Feinde zu machen. Mina hielt einen sicheren Abstand und bewegte sich so viel wie möglich im Schatten, um sich versteckt zu halten. Sie suchte nach einem einsamen Späher, einem, der von der Hauptgruppe isoliert war.

Es dauerte eine Weile, aber schließlich entdeckte sie einen. Er ging am Rande der Formation und ahnte nichts von ihrer Annäherung. Die Silhouette eines Bogens spannte sich über seine Schultern. Sie fand es eine seltsame Art, einen Bogen zu tragen, aber sie hatte ihr Ziel. Sie trat leise auf, ihr Herz raste. Als sie in Schlagdistanz war, hielt sie den Atem an, zielte und stieß ihr Schwert mit aller Kraft nach vorn. Die Spitze ihrer Klinge traf den Draman zwischen den Schuppen am Hinterkopf, bevor sie durch sein Fleisch schnitt.

Die Kreatur stolperte und brach mit einem nassen Gurgeln zusammen. Mina zog ihr Schwert heraus und sah sich um, um sicherzugehen, dass keine weiteren Späher in der Nähe waren. Die Armee hatte ihren Vormarsch gestoppt, aber nichts schien verdächtig zu sein. Sie kniete sich hin und griff nach dem Bogen, nur um festzustellen, dass es tatsächlich eine Armbrust war. Sie stöhnte, nahm die Waffe aber trotzdem mit. Es war eine, mit der sie noch nie trainiert hatte, aber es musste reichen.

Als sie wieder in Richtung der Armee blickte, bemerkte sie, dass sie Zelte aufstellten. Anscheinend brauchten selbst Draman eine Pause. Sie sprintete zurück zu Gedrith und hielt inne, um Atem zu schöpfen.

Ich habe eine Armbrust gefunden, aber es gibt nur einen Bolzen dafür. An der Spitze ist auch etwas dran.

Lass mich sehen, sagte Gedrith.

Mina entfernte den Bolzen und hielt ihn hoch. Der Drache schnüffelte an der Spitze des Geschosses.

Es ist Gift.

Das sollte reichen. Ich muss nur nah genug herankommen, um ihn zu treffen, ohne erwischt zu werden.

Wir werden über das Lager fliegen.

Was ist mit den Drachen? Was, wenn sie uns sehen?

Wir werden schnell sein. Ob dein Ziel trifft oder nicht, wir werden einen Überflug machen und dann zur Enklave zurückkehren. Sie müssen wissen, was auf sie zukommt.

Mina legte den Bolzen zurück und starrte einen Moment schweigend auf die Waffe. Sie hatte nur eine Chance, Caden zu treffen.

Wenn sie daneben schoss, wusste sie, dass sie ihn direkter töten müsste. Sie richtete ein Stoßgebet an Avera, schnallte die Armbrust über ihre Schulter und kletterte auf Gedriths Rücken.

Ich habe so etwas noch nie benutzt. Wie ist es im Vergleich zu einem Bogen? fragte sie.

Es ist genauer, aber es erfordert nicht die Kraft, die ein Bogen braucht. Ich werde so tief wie möglich fliegen, aber du musst dein Zielen anpassen.

Gedrith schickte ihr durch die Verbindung ein Bild von Lucius, seinem früheren Reiter. Mina dachte, es sähe einfacher aus als einen Bogen zu benutzen. Sie griff nach der Armbrust und legte sie auf ihren Schoß, hielt sie mit der linken Hand fest, während sie sich mit der rechten an Gedrith festhielt.

Ich bin bereit.

Gedrith streckte seine Flügel aus und sprang in den Himmel. Die kühle Nachtluft peitschte um Mina herum, und sie erschauderte, als ein Schauer über ihren Rücken lief. Der Schein von Lagerfeuern kam in Sicht, und sie drückte ihre Knie fest gegen Gedriths Seiten und hob die Armbrust mit beiden Händen. Als sie das Lager erreichten, glitt Gedrith auf den Luftströmungen dahin und flog kaum mehr als ein Dutzend Fuß über den Zelten. Mina scannte die Gegend auf der Suche nach Caden.

Dort, sagte Gedrith und schickte ihr das Bild. Er stand neben einem Draman, den sie schon einmal gesehen hatte. Der Drache änderte die Richtung und flog direkt auf ihn zu. Sie positionierte die Armbrust und zielte auf ihn.

Die Zeit schien stillzustehen. Ihr Puls hämmerte in ihren Ohren und übertönte das Geräusch des Windes. Caden zeigte auf etwas, seine Lippen bewegten sich zu einem Befehl, den sie nicht hören konnte. Eine Welle der Hitze überkam sie, als sie sich an ihren Kuss erinnerte. Er war so unerwartet gewesen, aber seine Lippen waren weich und warm gewesen.

Konzentrier dich.

Gedriths Stimme riss sie aus ihrer Träumerei. Sie schloss ein Auge und zentrierte ihr Ziel. Ihr Finger spannte sich am Abzug, und ihr Atem stockte in ihrer Kehle. Es kostete sie alles, sich zu zwingen, abzudrücken.

Drei, zwei, eins...

Mina drückte den Abzug. Die Sehne schnellte, und der Bolzen sauste durch die Luft.

14

»Lasst sie bis zum Morgengrauen ruhen, dann setzen wir unseren Weg fort zu-« Cadens Worte wurden abrupt unterbrochen, als seine Welt in Schmerz explodierte.

Bast drehte sich um und brüllte Befehle, aber die Worte waren ein unverständliches Durcheinander. Caden blickte nach unten und sah einen Armbrustbolzen aus seiner Brust ragen. Seine Augen folgten der Länge des Bolzens und dann weiter, um zu sehen, woher er gekommen war. Auf Gedrith saß Mina, eine Armbrust in der Hand.

»Mina«, flüsterte er, seine Stimme kaum hörbar über den Rufen der Draman. Caden schwankte und fiel auf die Knie. Eine Welle von Schwindel überkam ihn, und er brach auf seiner rechten Seite zusammen. Sein Blick verschwamm, und Schmerz breitete sich in seinem ganzen Körper aus.

»Caden.«

Er nahm vage wahr, dass jemand seinen Namen rief. Mina kniete an seiner Seite und berührte sein Gesicht. Sie hatte ihn gerade angeschossen. Warum verhielt sie sich jetzt, als ob sie besorgt wäre?

»Caden«, die Stimme war nicht ihre. Er blinzelte mehrmals und erkannte, dass es nicht Mina war, die neben ihm kniete. Es war Eira. War er im Delirium?

»Haltet ihn fest«, sagte sie.

Basts Gesicht erschien über ihm, und der Draman gab ein Handzeichen. Ein weiterer Draman gesellte sich zu ihm, und die beiden drückten Caden auf den Boden. Eira packte den Bolzen und riss ihn heraus.

Caden brüllte vor Schmerz. Er fühlte sich, als wäre sein Fleisch zerrissen worden, und Nässe sickerte durch sein Hemd. Er versuchte, seinen Kopf zu heben, aber eine weitere Welle von Schwindel zwang ihn, still zu liegen. Feuer loderte in seinem Blut und brannte durch jede Faser seines Seins.

»Er wurde vergiftet«, sagte Eira und blickte zu Bast. »Dieser Bolzen sieht aus wie einer von euren. Ist er das?«

Der Draman nickte. »Ja, er gehört uns. Diese verdammte Frau muss ihn einem meiner Männer gestohlen haben.«

»Welches Mädchen?«

»Das ist eine lange Geschichte, die warten kann. Wir müssen ihn zu Lireth bringen.«

»Er hat Glück, wenn er die Nacht überlebt, nach seinem jetzigen Zustand zu urteilen«, sagte Eira. »Gibt es einen Arzt unter euch?«

»Ja, aber er kann in diesem Fall nichts tun.«

»Warum nicht?«

»Das Gift ist aus Lireths Blut hergestellt. Es ist die Quelle und das Heilmittel zugleich.«

»Ihr habt nichts davon hier?«

»Nein.«

»Ich verstehe. Wir sollten es ihm so bequem wie möglich machen. Wenn er bis zum Morgen durchhält, ist das schon etwas.«

Cadens Sicht verschwamm, und Stille folgte.

Er schwebte in einem Meer der Dunkelheit, kaum seines Körpers bewusst. Es gab keinen Schmerz, und er konnte mühelos atmen, aber sein Gesicht und Hals waren taub. Er versuchte, seinen Kopf zu bewegen, aber sein Körper reagierte nicht. Wo auch immer er war, es war kalt und leer. Er versuchte zu sprechen, aber sein Mund war wie verschlossen.

Ein Geräusch wie knarzendes Leder erregte seine Aufmerksamkeit. Es kam näher, und ein Gefühl von Wärme und Behaglichkeit überkam ihn. Er fühlte sich vollkommen friedlich. Die Wärme verstärkte sich, und Caden konnte spüren, wie sich sein Körper lockerte. Er bewegte seine Finger, und sie gehorchten. Jetzt in der Lage, sich zu bewegen, drehte er den Kopf, um seine Umgebung zu betrachten, und sah Lireth. Das raschelnde Geräusch, das er gehört hatte, waren ihre Flügel. Sie ragte über ihm auf, beeindruckend und mächtig.

Wo bin ich? fragte er. Die Worte hallten um sie herum wider.

Du bist in Sicherheit, antwortete sie. *Was ist passiert?*

Ich wurde von einem Pfeil getroffen.

Eine bloße Fleischwunde würde dich nicht hierher bringen.

Ich glaube, die Spitze war vergiftet. Mina- Lireth grollte wütend bei ihrem Namen. *Sie hat versucht, dich zu töten? Ich werde diese Welt zu Asche verbrennen!*

Caden wich zurück, verängstigt von ihrem Zorn. Das beruhigende Gefühl kehrte zurück, und er blickte zu ihr auf. Sie war nie freundlich gewesen, zumindest nicht seit sie ihn zum ersten Mal in ihre Höhle in den Bergen gerufen hatte.

Du stehst an der Schwelle des Todes, sagte sie. *Komm zu mir, und ich werde dich heilen.*

Ich weiß nicht, wo du bist.

Wenn du die Langen Sande erreichst, wirst du Führer finden. Sie sind auch Verbündete. Sie werden dich zur Enklave führen. Ich werde dir die Kraft geben, die Reise zu machen, aber es wird nicht viel sein. Die Entfernung zwischen uns ist noch zu groß. Wenn du näher kommst, wirst du es spüren.

Danke, Meisterin.

Meine Kraft wird nur so viel bewirken. Dein Wille zu leben muss groß sein. Überlebe, um dich zu rächen.

Caden keuchte und öffnete die Augen. Er lag in einem Zelt. Sein Kopf rollte schwach zur Seite, und er sah, dass Rem in der Nähe zusammengerollt lag. Das Tier starrte ihn an, tiefe Intelligenz in seinen Augen. In der Ecke des Zeltes über dem Fuchs hing eine Laterne. Die Flamme brannte stetig und spendete reichlich Licht. Rem erhob sich und streckte sich, dann verließ es das Zelt.

Caden konnte das dumpfe Pochen von Kopfschmerzen spüren, wie eine geschlagene Trommel. Er stöhnte, aber der Laut war schwach und jämmerlich. Warum konnte er sich nicht bewegen? Waren es die Auswirkungen des Giftes?

Rem kehrte mit Eira und Bast im Schlepptau zurück. Der Draman starrte auf ihn herab, seine reptilienartigen Züge zu einem Lächeln verzogen, obwohl es verstörend aussah.

»Ihr seid stark, mein Herr. Ich bin froh zu sehen, dass Ihr wach seid.«

Caden leckte sich über die Lippen, aber sein Mund war trocken, und es fühlte sich an, als würde er Sand aneinander reiben.

»Schluckt«, sagte Eira, die sich mit einem Wasserschlauch neben ihn kniete. Sie goss eine kleine Menge Wasser in seinen Mund. Es war kühl und erfrischend und spülte die Trockenheit aus seiner Kehle.

»Wie fühlt Ihr Euch?« fragte sie.

»Wie ... der Tod«, flüsterte Caden mühsam.

»Das Gift hat sich in Eurem Körper ausgebreitet«, sagte Bast. »Es ist sehr stark.«

»Die W-Wüste.« Selbst das Atmen war eine Qual, und es kostete Caden all seine Kraft, die Worte zu sprechen.

»Wir werden unseren Marsch bei Tagesanbruch fortsetzen, mein Herr. Lireth zu finden ist der einzige Weg, Euch zu heilen.«

»Nein. Marschiert ... jetzt. Die Zeit ... ist ... knapp.«

Eira blickte zu Bast auf, aber der Draman ignorierte sie.

»Mein Herr, Ihr braucht Ruhe. Ihr könnt nicht einmal aufrecht sitzen, geschweige denn laufen.«

»Lireth ... erhält mich. Marschiert ... jetzt.«

Der Draman zögerte, neigte dann aber den Kopf. »Wie Ihr befehlt.« Er verließ das Zelt und begann, Befehle zu brüllen.

Eira goss Caden mehr Wasser in den Mund. Er schluckte es und starrte sie an, wobei er sich fragte, warum sie nicht dorthin zurückgekehrt war, wo auch immer sie zu Hause war. Sie schuldete ihm keine Treue. Wenn überhaupt, schuldete er ihr etwas dafür, dass sie ihm geholfen hatte, die Drachen zu finden.

»Rem sagt, dass etwas Seltsames mit dir passiert ist, während du bewusstlos warst.«

Caden nickte leicht, zu erschöpft, um noch mehr zu sprechen.

»Ruh dich aus. Du wirst es brauchen. Es wäre ein Wunder, wenn du morgen früh noch am Leben bist. Rem wird mich benachrichtigen, falls du etwas brauchst.«

Eira stand auf und beobachtete ihn einen Moment lang, dann verließ sie rückwärts das Zelt und ließ ihn mit seinen Gedanken und seinen Schmerzen zurück. Und mit Rem. Der seltsame Fuchs blickte ihn wissend an.

15

Mina lag auf ihrer Pritsche und starrte an die Höhlendecke. Das Bild von Caden, wie er von dem Bolzen getroffen wurde, hatte sich in ihr Gedächtnis eingebrannt. Es verfolgte sie den ganzen Weg zurück zur Enklave und es verfolgte sie auch jetzt noch und hielt sie vom Schlafen ab.

Sie hatte ihn getötet.

Tränen brannten in ihren Augen. Sie wusste, dass es das Richtige gewesen war, aber sie hasste sich dafür, es getan zu haben. Und sie hasste sich dafür, dass sie darüber aufgebracht war, das Gerechte getan zu haben. Es war ihre Schuld, dass er Lireth überhaupt gefunden hatte. Sie hatte ihre neu gewonnene Position bei Lord Klodian genutzt, um ihn wegzuschicken. Jetzt war er tot, und zwar durch ihre eigene Hand.

Mina wischte sich die Tränen von den Wangen und setzte sich auf. Es tat weh, aber ihre Traurigkeit würde ihn nicht zurückbringen. Sie musste sich ablenken und ihre Gefühle zur Ruhe kommen lassen. Sie erhob sich von der Pritsche, verließ ihre Kammer und wanderte durch die Tunnel. Sie versuchte, ihren Kopf frei zu bekommen, aber es war unmöglich, Cadens überraschten Blick aus ihrem Gedächtnis zu löschen.

»Was machst du?«

Ihr Herz machte einen Satz in ihrer Brust und sie wirbelte herum, um Areg zu sehen. Er war barfuß und sah aus, als wäre er noch nicht lange wach.

»Hab ich dich geweckt?«, fragte sie.

Areg rieb sich den Schlaf aus den Augen und gähnte. »Nein. Was machst du?«, wiederholte er.

»Nichts. Nur ...« Nur was? Sie wusste nicht, was sie sagen sollte, und eine überwältigende Welle von Emotionen brach über sie herein. Sie sank zu Boden und begann zu schluchzen.

Areg kam näher und umarmte sie, seine kleinen Arme stark und tröstend. Er sagte nichts, während sie weinte, und schließlich versiegten die Tränen. Mina löste sich von dem Elf und wischte sich die Augen.

»Danke«, sagte sie lahm und vermied seinen Blick.

»Was falsch?«

»Mein Freund ist ... weg.«

»Caden?«

Mina nickte, schniefend.

»Ist nicht gute Antwort. Aber Zeit heilt.«

Er hatte Recht. Es war keine gute Antwort, aber sie wusste, dass er versuchte zu helfen. Und seine Worte waren wahr. Zeit heilte Wunden, obwohl sie wusste, dass diese sie noch lange beeinflussen würde. Es fühlte sich alles wie ein Traum an.

»Brauchst Ruhe. Kampf kommt.«

»Ich kann später ruhen. Die Draman sind immer noch mindestens einen Tagesmarsch von den Langen Sanden entfernt. Zwei Tage von hier.«

»Sie in Wüste jetzt.«

Mina sah ihn an. »Das ist unmöglich. Sie haben angehalten und ihr Lager aufgeschlagen-« Gedrith hatte sich geirrt. Die Beseitigung ihres Anführers hatte ihre Reihen nicht gebrochen. »Weiß die Enklave davon?«

Areg nickte. »Haben Zeit. Du ruhst.«

Sie war erschöpft, aber sie bezweifelte, dass sie schlafen könnte. Trotzdem stand sie auf und ging mit dem Elf zu ihrer Kammer.

Areg setzte seinen Weg fort, und Mina kletterte auf ihre Pritsche und versuchte, Trost in der Dunkelheit unter ihrer Decke zu finden.

Mina.

Jemand verfolgte sie. Es war eine schattenhafte Gestalt, deren Dunkelheit sich ständig bewegte wie in Wasser gegossene Tinte.

Mina.

Woher kannte es ihren Namen? Sie rannte so schnell sie konnte, aber es war, als würde sie sich durch Melasse bewegen. Die Dunkelheit schloss sich um sie, wispernde Ranken ausgestreckt, nach ihr greifend.

Mina.

Sie schreckte auf und kickte die Decke weg. Schweiß bedeckte jeden Zentimeter ihres Körpers, und ihr wurde klar, dass nichts wirklich versuchte, sie zu bekommen. Gedrith war am Rande ihres Bewusstseins.

Alles in Ordnung?, fragte er. *Das Band war erfüllt von Angst.*

Mir geht's gut. Es war ein Alptraum. Tut mir leid.

Entschuldige dich nicht. Du kannst deine Träume nicht kontrollieren. Mach dich bereit und triff mich über der Erde.

Mina schleppte sich aus dem Bett und zog ihre Stiefel an, gefolgt von ihrer Rüstung. Sie schnallte ihr Schwert um die Taille und trat in den Flur, wobei sie innehielt, als ihr Magen knurrte. Das Frühstück konnte warten.

Die Tunnel waren seltsam still, als sie sich zum Eingang der unterirdischen Festung begab. Als sie den steilen Hang erklomm und oben ankam, verstand sie warum. Die Drachen waren alle über der Erde. Einige standen im Sand, während andere über ihnen kreisten.

Was ist los?, fragte Mina. Sie blickte nach Westen und kniff die Augen zusammen.

Die Draman sind eingetroffen, antwortete Gedrith.

Sie sind schneller gereist, als ich erwartet hatte.

Ich bin sicher, Lireth hatte damit etwas zu tun.

Sie muss ihnen auch den Weg hierher erklärt haben.

Nein, sie kennt den Weg nicht.

Wie wussten sie dann, wo sie uns finden können?

Komm und sieh selbst.

Mina kletterte auf Gedriths Rücken und er erhob sich in die Luft. Er musste nicht weit aufsteigen, damit sie es sehen konnte.

Zahlreiche Linien wölbten sich im Sand, schwankten hin und her.

Sandwürmer? Aber warum-

Sie haben sich gegen einen gemeinsamen Feind verbündet, antwortete Gedrith.

Mina starrte ungläubig. Mindestens ein Dutzend der Kreaturen wirbelten den Sand auf, und hinter ihnen marschierte die Armee der Draman stetig näher. Die Drachen konnten sich leicht gegen die kleineren Reptilien verteidigen, aber die Sandwürmer stellten ein viel größeres Problem dar. Dies würde keine leichte Schlacht werden. Sie bereute es, nichts gegessen zu haben, aber das war das geringste ihrer Probleme.

Was ist der Plan?

Wir müssen sie davon abhalten, die Tunnel zu erreichen. Wenn sie Lireth befreien, werden sie ermutigt sein.

Du klingst besorgt wegen dieses letzten Teils.

Der Duft von Lavendel erreichte ihre Nase. Gedrith hatte Angst.

Du glaubst nicht, dass wir sie aufhalten können?, fragte sie.

Ich fürchte, was wir mit dem Sieg verlieren werden.

Sie verstand nicht, was er meinte, und bevor sie fragen konnte, sagte er: *Du wirst am*

Boden sein. Konzentriere dich auf die Draman. Wir kümmern uns um die Sandwürmer.

Ich würde dir lieber helfen. Ich habe schon einmal einen Sandwurm getötet, und ich kann es wieder tun.

Der Lavendelgeruch verwandelte sich in Zitrone und Nelke.

Ich zweifle nicht an deinen Fähigkeiten, sagte Gedrith. *Aber du musst deinen Stolz beiseite legen. In der Zeit, die du brauchst, um einen Wurm zu töten, werden wir fünf getötet haben. Es ist für mich einfacher, mit Zahn, Klaue und Flamme zu kämpfen, wenn ich mich nicht darum sorgen muss, dass du auf meinem Rücken reitest.*

Ich verstehe, aber was kann ich gegen eine Armee von Draman ausrichten?

Was auch immer nötig ist, um sie davon abzuhalten, in die Tunnel zu gelangen. Areg wird dir helfen, und sobald wir uns um die Würmer gekümmert haben, werden wir uns ihnen zuwenden.

Die Sandwürmer waren nur noch wenige hundert Meter entfernt, und einige der Drachen stürzten sich hinab, ihre Krallen durch den Sand ziehend.

Es ist Zeit, sagte Gedrith. Er landete auf dem Boden, und Mina sprang schnell von seinem Rücken. *Bleib am Leben.*

Ich werde mein Bestes geben, antwortete Mina.

Das ist alles, was ich von dir verlange.

Er kehrte in den Himmel zurück, und Mina fühlte Erleichterung, als Areg sich ihr anschloss. Er trug ein poliertes Kettenhemd, und das Sonnenlicht glitzerte auf den Ringen, sodass es schien, als würde er leuchten. Ein schlanker silberner Helm zierte seinen Kopf, und das in das Metall geätzte Design war so schön wie jedes Kunstwerk. Flügel streckten sich an den Seiten zurück, und der Nasenschutz ähnelte einem Adlerschnabel. Er hielt den Schaft eines langen Speers, und ein Schwert war an seiner Hüfte geschnaltet.

»Du siehst ja richtig königlich aus«, sagte sie grinsend zu ihm.

»Bereit zu sterben«, erwiderte er. »Ahnen beeindrucken.«

Mina zog ihr Schwert und richtete ihre Aufmerksamkeit auf die vorrückende Armee. Die Drachen belästigten weiterhin die Würmer, aber es schien ihren Fortschritt nicht zu verlangsamen.

Sie kommen den Tunneln nahe, warnte Mina Gedrith.

Nur noch ein bisschen weiter, sagte er.

Sie verstärkte ihren Griff um den Schwertgriff. Wie viel weiter mussten sie noch kommen? Ein Beben erschütterte den Boden, gefolgt von einem weiteren und noch einem.

»Steinmauer«, sagte Areg fröhlich.

»Was?«

Der Elf zeigte auf den Boden. »Stein unter Sand. Großer Stein.«

Mina lachte. Die Drachen hatten eine Steinmauer unter dem Sand platziert. Es war eine brillante Verteidigung. Einer der Würmer durchbrach die Sandoberfläche, sein fleischiger Körper wogte, als er sich erhob, höher und höher in die Luft.

Die Drachen griffen gnadenlos an, spien Feuer und schlugen mit ihren Klauen zu. Das Biest kreischte vor Wut und Schmerz, sein offenes Maul schnappte hin und her, versuchte zurückzuschlagen, aber die Drachen waren zu schnell und manövrierten geschickt aus dem Weg. Mina beobachtete das Schauspiel mit Bewunderung, bis Areg mit seinem Schwert deutete.

Die unterirdische Steinmauer hatte den Vormarsch der Würmer gestoppt, aber die Draman rückten weiter vor, direkt auf sie zu. Minas Herz hämmerte in ihrer Brust, aber seltsamerweise fühlte sie sich nicht ängstlich. Sie fühlte sich entschlossen. Sie blickte zu Areg hinüber.

»Bereit, deine Ahnen stolz zu machen?«

»Mit Ehre.«

Die Draman waren jetzt so nah, dass Mina die Details ihrer reptilienartigen Gesichter erkennen konnte. Ihre Augen loderten vor Kampfeslust, und sie brüllten herausfordernd. Areg holte mit dem Speer aus und warf ihn. Er segelte durch die Luft und traf einen der Draman, der sich rückwärts überschlug. Adrenalin schoss durch Minas Adern und ließ ihre Sicht kurzzeitig verschwimmen. Es erfüllte sie mit einer seltsamen Mischung aus Aufregung und Angst, und sie stieß ihren eigenen Kampfschrei aus.

Eine intensive Hitzewelle überkam sie, als ein Drache über sie hinwegflog und die Draman in einen Feuerstrom tauchte. Viele von ihnen fielen, bis zur Unkenntlichkeit verbrannt. Diejenigen, die es nicht waren, rückten weiter vor und kreuzten die Klingen mit ihr und Areg.

Der Elf bewegte sich mit fließender Anmut, sein Schwert webte einen tödlichen Tanz und mähte einen Draman nach dem anderen nieder. Mina kämpfte mit all ihrer

Kraft, das Klirren von Stahl ein konstantes Geräusch, wie der Rhythmus einer Kriegstrommel. Sie wich Angriffen aus, parierte mit ihrem Schwert und landete eigene Treffer.

Die Schlacht tobte weiter, aber sie und Areg waren in der Unterzahl. Mina wollte riskieren, einen Blick zu werfen, um zu sehen, wie sich die Drachen gegen die Würmer schlugen, aber sie wagte es nicht, ihre Konzentration zu verlieren.

»Mir! Zu mir!« rief Areg.

Mina wich in Richtung seiner Stimme zurück, bis sie gegen ihn stieß. Sie standen Rücken an Rücken und wehrten sich kaum gegen die Draman, die sie umzingelten. Aus den Augenwinkeln sah sie, wie mehrere der Kreaturen in den Tunnel stürmten. Es gab nichts, was sie tun konnten, um sie aufzuhalten.

Sie sind im Tunnel! schrie sie Gedrith zu.

Er antwortete nicht, aber sie konnte seine Wut durch die Verbindung spüren. Das Flügelschlagen in der Nähe ließ sie kurz aufblicken, lang genug, um einige Drachen herabstoßen zu sehen. Ihre Erleichterung verflüchtigte sich, als sie erkannte, dass es keine Verbündeten waren.

Sie und Areg ignorierend, landeten sie im Sand und stürzten vorwärts, den Tunnel betretend. Die Draman würden Schwierigkeiten haben, die Wände zu durchbrechen, die Lireth enthielten, aber nicht die Drachen. Die Hoffnung schwand, und mit ihr Minas Kraft. Ihre Bewegungen wurden träge, und ein Draman brachte seine Klinge an ihrer Parade vorbei und schnitt in das Fleisch ihres linken Unterarms. Brennender Schmerz breitete sich über die Länge ihres Arms aus.

Das war es. Das war das Ende für sie. Für sie alle. Sie stieß ihr Schwert in den Hals des Draman, der sie geschnitten hatte, und schrie dann. All ihre Angst, ihr Schmerz und ihr Verlust lagen in ihrem Schrei, aber da war mehr. Etwas Tieferes, Heißeres. Es sehnte sich nach Freiheit, und sie ließ es hervorbrechen.

Gedrith's Feuer strömte aus ihrem Mund und umhüllte die ihr am nächsten stehenden Draman. Die Flammen hielten unaufhörlich an, und sie drehte ihren Kopf nach links und rechts, alles in ihrem Weg verbrennend. Schmerzensschreie und Überraschungsrufe erfüllten die Luft, und das Inferno trieb die Draman zurück.

Das Feuer verblasste, und Mina sank auf die Knie, ihre letzte Kraft verbraucht. Ihre Finger waren zu schwach, um ihr Schwert zu halten, und es fiel neben ihr in den Sand. Sie hatte alles getan, was sie konnte, und es war immer noch nicht genug. Mina suchte den Himmel nach Gedrith ab. Einige der Würmer waren gefallen, aber es waren mehr lebend als tot. Es gab so wenige Drachen, dass der Himmel ihr leer erschien.

Der Boden zitterte, Sandkörner vibrierten gegeneinander. Mina blickte verwirrt umher und traf Aregs Blick. Er schaute zum Tunnel. Sie vermutete, dass mehr Sandwürmer kamen. Die Vibration nahm zu, wurde stärker. Mina sammelte die wenige Kraft, die sie noch aufbringen konnte, und griff nach ihrem Schwert, langsam auf die Füße kommend.

Die Erde über dem Höhlensystem brach auf, Sand und Glas flogen in alle Richtungen. Lireths enormer Körper schoss in den Himmel, ihre schwarzen Schuppen dunkel wie die Nacht. Der Drache öffnete sein Maul und stieß ein ohrenbetäubendes Brüllen aus.

16

Caden lag am Hang einer Düne und beobachtete, wie die Sandwürmer gegen die Drachen kämpften. So sehr er es auch vorgezogen hätte, an der Front bei den Draman zu sein, das Gift in seinem Blut hatte ihn schwer zugesetzt. Als die Sonne aufging, waren Eira und Bast überrascht, dass er noch am Leben war. Wenn er ehrlich zu sich selbst war, überraschte es ihn auch. Trotz Lireths geliehener Kraft konnte er sich kaum noch bei Bewusstsein halten.

»Ich habe noch nie so etwas gesehen«, sagte Eira neben ihm. »Ich wusste nicht einmal, dass es so etwas wie Sandwürmer gibt.«

Er verschwendete keine Worte an sie. Seine Lebenskraft schwand rasch. Obwohl er die Nacht überstanden hatte, wusste er, dass seine Zeit ablief.

Danke, dass du mir vertraut hast, deine Armee zu führen, sagte er zu Lireth. *Es war mir eine Ehre. Sie werden dich bald befreien, und du wirst deine Rache an der Enklave bekommen, aber ich fürchte, ich werde es nicht mehr erleben.*

Du wirst nicht sterben. Ich werde dich heilen.

Caden schnaubte einmal kurz lachend über die Absurdität ihrer Worte. Sicherlich konnte sie spüren, wie seine Verbindung zum Band schwächer wurde. Oder vielleicht leugnete sie es und weigerte sich zu glauben, dass ihr Diener am Rande des Todes stand. So oder so, zumindest hatte er ein letztes Lachen vor dem Tod. Es fühlte sich gut an und vertrieb kurzzeitig den Schmerz, wenn auch nur für einen Moment.

»Was ist los?«, fragte Eira. »Der Drache - Lireth?«

Caden nickte und spürte, wie sich seine Augen wie von selbst schlossen. Er hätte dagegen angekämpft, sah aber keinen Sinn darin. Die Ruhe nahte, und er begrüßte sie freudig. Eine Welle der Kraft durchströmte ihn, und er zwang seine Augen auf. Der Kampf tobte in alle Richtungen, und dann brach Lireth aus dem Boden hervor. Ihm stockte der Atem. Sie war majestätisch und wunderschön.

Ich komme zu dir.

Er wünschte sich, dass sie käme, aber er wusste, es war vergeblich. Nicht einmal ein Drache konnte den Tod besiegen. Die Drachen, die gegen die Sandwürmer kämpften, brachen sofort ab und flogen direkt auf sie zu.

Ein donnernder Knall hallte von den Dünen wider.

»Die Höhlen«, sagte Eira. »Sie stürzen ein.«

Caden fragte sich, ob Mina dort unten war. Er hoffte es. Sie würde sterben wie er, einsam und vergessen. Keine Familie, die um ihn trauerte, keine Freunde, die ihm helfen konnten. Eira war eine Fremde, und Lireth... nun, sie war seine Herrin. Es gab keine Freundschaft zwischen ihnen. Es war ein Band der Knechtschaft. Das sah er jetzt klarer denn je. Vielleicht hatte Mina am Ende doch recht gehabt.

Er starrte auf das sich entfaltende Chaos und erkannte die Wahrheit. Lireth *war* böse. Sie hatte ihn ohne sein Wissen oder seine Zustimmung an sich gebunden. Der Tod, so schien es, brachte Klarheit in viele Dinge. Er verdiente sein Schicksal, und er fand es passend, dass die Quelle seines Todes Gift war, hergestellt aus dem Blut des Wesens, das ihn gerettet hatte. Ihr Ruf war sowohl Segen als auch Fluch gewesen.

Und letztendlich hatte er versagt. Nicht nur Mina, sondern auch sich selbst.

Der Gedanke, aufzuhören zu existieren, nie wieder die Berührung eines anderen zu spüren, nie wieder Teil von etwas Größerem zu sein, nie für sein Fehlverhalten büßen zu können, erfüllte ihn mit Trauer und Qual, die weit schmerzhafter waren als die Auswirkungen des Giftes.

Lireths Kraft begann erneut zu schwinden, und Caden spürte etwas in dem Band, das er nie erwartet hätte: Kummer. Und noch etwas anderes: Schuld. Lireth fühlte sich schuldig? Das war die überraschendste Erkenntnis von allen.

Er schloss die Augen, und Dunkelheit umhüllte ihn.

17

Gedrith und die anderen verbliebenen Drachen stürzten sich auf Lireth. Die Schlacht fesselte sogar die Aufmerksamkeit der Draman. Mina blieb wachsam, aber die Kreaturen kümmerten sich nicht länger um sie oder Areg.

»Was das?«, fragte der Elf.

Mina drehte sich in die Richtung, in die Areg zeigte. Zwei Gestalten waren sichtbar, abseits des Schlachtfelds. Das Sonnenlicht blendete vom Sand, und sie kniff die Augen gegen das grelle Licht zusammen. War das ...

Nein. Das konnte nicht sein. Er war tot. Sie hatte ihn mit eigenen Augen fallen sehen. Aber sie musste sicher sein. Sie sprintete über den Sand, und Areg folgte ihr. Die Draman ignorierten ihren Abgang, ihr Fokus lag immer noch auf ihrem Meister.

Als sie näher kam, gab es keinen Zweifel mehr.

»Caden!«

Mina bemerkte, dass etwas nicht stimmte. Seine Haut war blass, und er schien nicht bei Bewusstsein zu sein. Eine Frau und ein Fuchs waren bei ihm, aber sie erkannte die Person nicht.

»Wer bist du?«, fragte die Frau und stellte sich ihr in den Weg.

»Ich bin eine Freundin. Oder, ich war es. Ist er-«

»Du bist diejenige, die ihn mit dem Pfeil getroffen hat, nicht wahr?«

Minas Wangen brannten vor Schuld. »Ja, aber du verstehst nicht. Er ist-«

»Ich muss nichts verstehen. Du solltest gehen. Er leidet schon genug unter dem Gift. Lass ihn in Frieden sterben.«

»Ich muss mit ihm sprechen«, protestierte Mina. »Bitte.«

Die Frau legte ihre Hand auf den Griff ihres Schwertes. »Nein. Geh jetzt, bevor ich dich dazu zwinge.«

Mina sah Areg an, und der Elf nickte wissend.

»Ich weiß nicht, welche Verbindung du zu Caden hast, aber ich kenne ihn besser als du. Er würde mit mir sprechen wollen.«

Die Frau zog ihr Schwert, und der Fuchs zu ihren Füßen fletschte die Zähne und fauchte drohend.

»Ich will nicht kämpfen«, sagte Mina.

»Das macht eine von uns.«

Die Frau stürzte vor, die Spitze ihrer Klinge auf Minas Hals gerichtet. Mina parierte den Schlag, das Klirren von Metall hallte durch die Luft. Die Frau ging wütend auf sie los, und ihre Klingen kreuzten sich. Der Fuchs huschte um Minas Füße herum und versuchte, sie zu Fall zu bringen, aber Areg packte ihn am Nackenfell und hielt ihn fest.

»Tu Rem nicht weh«, knurrte die Frau.

Mina konnte sehen, dass die Frau geschickt war, aber sie war entschlossen, zu Caden zu gelangen. Sie schöpfte aus Gedriths Kraft, zog aber nicht viel, da sie seinen Kampf mit Lireth nicht stören wollte. Sie saugte gerade genug, um ihre schmerzenden Muskeln zu beleben und die Oberhand über die Frau zu gewinnen. Mina schwang mit all ihrer Kraft und zerschmetterte das Schwert der Frau, genau wie sie es bei Caden im Wald getan hatte.

Die zerbrochenen Stücke der Klinge fielen in den Sand, und die Frau zögerte. Mina spürte, dass die Frau noch mehr Kampfgeist in sich hatte, aber sie sah zu ihrem Fuchsbegleiter und gab nach.

»Ich werde ihm nicht wehtun«, sagte Mina. Sie ging an ihr vorbei und kniete sich neben Caden. Areg deckte ihr den Rücken, also machte sie sich keine Sorgen, dass die Frau sie von hinten angreifen würde.

»Es tut mir leid«, flüsterte sie. »Ich wollte nie, dass das alles passiert.«

Tränen liefen ihr über die Wangen, aber sie machte sich nicht die Mühe, sie wegzuwischen. Caden rührte sich nicht. Sie hatte ihn nur gefunden, um ihn wieder zu verlieren.

Beende es, sagte Gedrith zu ihr. *Es wird Lireth vorübergehend schwächen, damit wir sie besiegen können.*

Mina erstarrte und schluckte den Kloß in ihrem Hals hinunter. *Verlang das nicht von mir.*

Ich habe es schon getan. Beeil dich!

Sie umklammerte den Griff ihrer Klinge fester, aber sie konnte es nicht tun. Es lag nicht in ihr. Nicht dieses Mal. Nicht wieder. Sie ließ ihr Schwert fallen und sah zurück zu Areg.

»Muss tun.«

»Ich kann nicht«, flüsterte sie.

Areg setzte sich in Bewegung, aber ein Geräusch wie Donner zerbarst den Himmel. Beide blickten zum Kampf. Lireth hatte eine Art Magie entfesselt, die über den Himmel wogte. Die umgebenden Drachen erschlafften und fielen, stürzten zu Boden. Ihr Herz sank ihr in den Magen, als sie zusah, wie Gedrith hilflos trudelte.

Du musst sie aufhalten!

Lireth schoss über den Himmel, schneller als alles, was sie je gesehen hatte. Der Drache öffnete sein Maul, und Flammen ergossen sich daraus. Mina packte Areg und schob ihn hinter sich, dann beschwor sie Gedriths Feuer und atmete ihre eigenen Flammen aus. Die beiden Ströme kollidierten in einer blendenden, sengenden Machtdemonstration. Mina spürte die Hitze auf ihrer Haut, heißer als alles, was sie je erlebt hatte. Sand und Staub wirbelten in die Luft, und sie knirschte mit den Zähnen und stemmte sich mit aller Kraft gegen Lireths Flammen.

Es reichte nicht.

Lireths Feuer verschlang ihres, und die Kraft schleuderte Mina zurück, schlug ihr den Atem aus der Lunge. Sie schnappte nach Luft, während sie versuchte, sich umzudrehen. Ihr Blick verschwamm, und in ihrem Kopf dröhnte es von dem Aufprall.

Sand füllte ihren Mund, aber das kümmerte sie nicht. Der Drache landete, und mit einem Flügelschlag schickte er Areg und die Frau die Dünen hinuntertaumelnd.

Minas Verstand sagte ihr, sie solle aufstehen, aber ihr Körper gehorchte nicht. Machtlos sah sie zu, wie Lireth über Cadens regloser Gestalt stand.

Gedrith!

Seine Antwort war eine Flut von Schmerz durch das Band. Sie drängte es zurück und blockierte ihre Verbindung. Für einen langen Moment tat Lireth nichts. Sie stand einfach da und blickte auf Caden hinab. Schließlich hob sie den Kopf und öffnete ihr Maul. Ein ätherischer Faden glitt heraus, weiß wie Rauch, und trieb im Wind, bevor er sich in Cadens Nasenlöcher schlängelte.

»Nein!«, schrie Mina.

Sie versuchte aufzustehen, aber ihre Beine konnten ihr Gewicht nicht tragen, und sie fiel zurück in den Sand. Den Schmerz überwindend, kroch sie stattdessen, verzweifelt darauf bedacht, Caden zu erreichen.

Der letzte Teil des geisterhaften Fadens entwich Lireths Maul und verschwand in ihm. Mina wusste nicht, was es war, aber es konnte nichts Gutes sein. Lireths Beine zitterten, und der Drache fiel auf die Seite und versperrte ihr die Sicht auf Caden. Mina kroch weiter auf Händen und Knien und war gezwungen, um die massive Bestie herumzugehen.

Sie erreichte Cadens Seite und legte ihren Kopf auf seine Brust. Sein Herzschlag war schwach. Sie blickte zu Lireth, besorgt, dass sie jeden Moment aufstehen und angreifen würde. Der Drache atmete keuchend, und ihre Augen schlossen sich langsam. Ein letzter Atemzug entwich ihren Nüstern, und sie lag still.

18

Als Caden die Augen öffnete, war das Erste, was er sah, die weiße Decke über ihm. Das Zweite war Eira. Sie saß an seinem Bett, und Rem hatte es sich auf ihrem Schoß bequem gemacht. Ihre Augen waren geschlossen, aber Rem beobachtete ihn.

Überraschenderweise spürte er keine Schmerzen. Er versuchte, seine Finger zu bewegen – und es funktionierte. Er fühlte sich auch nicht schwach. Caden stützte sich auf seinen Ellbogen und sah sich um. Er befand sich in einem Krankenzimmer. Es kam ihm vage bekannt vor, aber er war sich nicht sicher, wo er war.

»Du bist wach«, lächelte Eira ihn an. »Die Ärzte waren sich nicht sicher, ob du zu dir kommen würdest. Ich bin froh, dass du ihnen das Gegenteil bewiesen hast.«

»W-wo bin ich?«

»In der Klodian-Festung. Ich habe noch nie von diesem Ort gehört, aber ich bin auch nicht von hier.«

Caden legte sich wieder hin und starrte an die Decke. Klodian-Festung? Hatte er alles nur geträumt? Nein, natürlich nicht. Eira und Rem waren hier, was bedeutete, dass alles wirklich passiert war. Aber seine letzte Erinnerung war verschwommen. Er war vergiftet worden und ...

»Was ist passiert?«

»Woran erinnerst du dich?«

»Nicht viel. Bruchstücke vom Marsch zu den Langen Sanden. Die Wyrms kämpften gegen die Enklave, und der Rest ist ...« Caden zuckte mit den Schultern. »Verloren gegangen.«

»Du Glücklicher. Die Draman befreiten Lireth aus ihrem Gefängnis. Sie kämpfte gegen die Enklave, bevor sie alle mit einem Zauber traf, dann stand sie über dir und -« Eira blickte zur Seite, ihre Augen weiteten sich, als würde sie das Ereignis noch einmal durchleben, »- hauchte dir etwas ein.«

Caden wiederholte ihre Worte in Gedanken und versuchte zu verstehen, was das bedeutete. War es das Gegengift für das Gift? Er tastete durch die Verbindung, aber am anderen Ende war nichts, nur ein riesiger Abgrund der Leere.

»Wo ist sie?«

»Mina?«

»Was? Nein. Lireth. Wo ist Lireth?«

»Sie ist ... tot. Was auch immer sie getan hat, es rettete dein Leben und kostete ihr eigenes.«

Zuerst spürte er den Stich der Qual. Langsam verwandelte er sich in Erleichterung, als Bruchstücke seiner Erinnerung zurückkehrten. Er hatte erkannt, dass sie böse war, aber angesichts dessen, was er gerade erfahren hatte, zweifelte er daran. Würde sich jemand Böses opfern, um einen anderen zu retten? Sein erster Instinkt war, nein zu sagen, aber vielleicht irrte er sich. Vielleicht gab es in jedem Menschen etwas Gutes, auch wenn es tief im Inneren vergraben war.

»Du hast Mina erwähnt. Hat sie überlebt?«

»Ja. Sie hat dich hierher gebracht, damit du geheilst wirst. Sie hat auch uns mitgebracht, aber Rem mochte es nicht besonders, auf dem Rücken eines Drachen zu reiten. Er meinte, es sei zu windig.«

Caden lächelte. Mina hatte versucht, ihn zu töten, und dennoch hatte sie sich die Mühe gemacht, ihn nach Hause zu bringen, in sein wahres Zuhause. Ein weiteres Rätsel, über das er nachdenken musste.

»Wie fühlst du dich?«

»Gut. Normal.«

Da Lireths Präsenz vollständig aus seinem Geist verschwunden war, fühlte er sich, als hätte sich ein dichter Nebel gelichtet. Seine Gedanken waren klar und seine eigenen. Er blickte an seinem Körper hinunter. Es gab keine Schnitte oder blauen Flecken, und seine Haut war gebräunt und gesund. Es war, als wäre er nie vergiftet worden – weder körperlich noch geistig.

Eira beobachtete ihn mit einem neugierigen Ausdruck. Rem streckte sich und gähnte, dann sprang er von Eiras Schoß, um den Raum zu erkunden.

»Du wirkst ... anders.«

»Wie meinst du das?«

»Ich weiß nicht. Du wirkst ausgeglichener. Mehr im Einklang. Mit dir selbst, meine ich.«

Es stimmte. Er spürte ein neues Gefühl der Klarheit. Lireth musste mehr Kontrolle über ihn gehabt haben, als er gewusst hatte. Eine erschreckende Erkenntnis. Er setzte sich auf und atmete tief ein. Alles fühlte sich ... frisch an. Es war, als hätte Lireth ihm neues Leben eingehaucht. Vielleicht war es genau das, was sie getan hatte.

Caden schwang seine Beine über die Bettkante und stand auf. Dieses Mal würden die Dinge anders sein. Das mussten sie. Er blickte zu Rem, der jetzt eine Vase mit Blumen auf der Fensterbank inspizierte, dann zu Eira, die ihn immer noch anstarrte.

»Danke für deine Hilfe. Was wirst du jetzt tun? Zurück in die Wildnis gehen?«

Eira zuckte mit den Schultern. »Ich dachte daran, bei dir zu bleiben. Es war bisher ein ziemliches Abenteuer, also warum jetzt aufhören?«

Caden lachte leise. »Ich muss einige Dinge in Ordnung bringen, und ich weiß nicht, wie aufregend das sein wird, aber du bist herzlich eingeladen, so lange zu bleiben, wie du möchtest.«

Rem bellte, und Caden schaute den Fuchs an. »Das Gleiche gilt für dich.«

Ein langer Weg lag vor ihm, aber mit seinen neuen Freunden schien er nicht mehr so entmutigend.

19

Mina saß vor der Berghöhle und beobachtete die funkelnden Sterne am Himmel. Areg saß neben ihr, mit einem wehmütigen Gesichtsausdruck. Die beiden hätten unterschiedlicher nicht sein können. Die Enklave hatte beschlossen, die Langen Sande zu verlassen und ein neues Zuhause näher an der Zivilisation zu errichten.

Lireth war tot, aber das bedeutete nicht, dass keine weiteren Bedrohungen auftauchen würden. Mit der Zeit würden sie sich den Menschen wieder vorstellen und möglicherweise sogar die Reiter wiederaufbauen. Gedrith hatte ihr gesagt, dass die Enklave mit ihren Handlungen zufrieden war und sie viel dazu beigetragen hatte, ihr Vertrauen in die Menschheit wiederherzustellen. Die Draman waren nach

Lireths Fall geflohen, ihre Reihen gebrochen und verstreut.

Sie hatte Caden in Lord Klodians Obhut gelassen, obwohl sie in Wahrheit wusste, dass er bei Eira in besseren Händen war. Die Frau hatte schließlich versucht, ihn vor ihr zu schützen. Sie war gescheitert, aber es war die Bemühung, die zählte.

»Es gibt da etwas, das ich dich schon lange fragen wollte«, sagte Mina und blickte zu Areg hinüber.

»Was?«

»Wo ist der Rest deines Volkes? Bevor ich dich traf, wusste ich nicht einmal, dass es Elfen gibt.«

»Weit. Jenseits Ozean.«

»Glaubst du, du wirst sie jemals wiedersehen?«

Areg zuckte mit den Schultern. »Weiß nicht. Verbannt.«

»Sie haben dich verbannt?«

Er nickte.

»Wofür?«

»Bindung zu Drache. Gegen Gesetz.«

Minas Gesicht verzog sich überrascht. »Ich dachte, Elfen hätten sich auch mit Drachen verbunden, bevor die Welt die Wahrheit über sie vergaß?«

»Nur Menschen vergessen. Elfen wissen noch. Nur Königsfamilie darf sich mit Drache binden. Areg nicht Königsfamilie.«

Vieles ergab mit diesem Wissen einen Sinn, und Mina nickte verstehend. »Es tut mir leid, dass ich gefragt habe. Ich bin sicher, es schmerzt, darüber zu sprechen. Ich war eine Sklavin, aber zumindest wurde ich nicht von meinem eigenen Volk verbannt.«

»Lange her. Kein Schmerz.«

Mina wusste nicht, ob sie das glaubte, aber sie wollte ihn nicht weiter dazu drängen.

»Was tun?«, fragte er.

Mina blickte wieder zu den Sternen hinauf und bewunderte für einen Moment ihre Schönheit, dann wandte sie ihren Blick zurück zu Areg.

»Ein weiser Freund von mir hat mir einmal gesagt, was ich tun soll, und ich werde seinem Rat folgen.«

Der Elf sah sie fragend an.

»Er sagte mir: ›Tu Gutes.‹ Also plane ich, jeden Tag Gutes zu tun, bis ich nicht mehr auf dieser Welt wandle.«

Areg grinste. »Plan gut.«

»Das dachte ich auch.«

Mina seufzte. Zum ersten Mal seit langer Zeit war sie zufrieden. Alles war gut, und sie würde ›Gutes tun‹.

RICHARD FIERCE

DAS ENDE

145

Über den Autor

Hallo!

Ich bin ein Fantasy-Autor, der es liebt, über Drachen zu schreiben. Ich habe über 40 Bücher veröffentlicht und habe vor, noch viele weitere zu schreiben.

Ich hoffe, dass Ihnen dieses Buch gefallen hat und danke Ihnen für die Lektüre.

Sie können mir in den sozialen Medien folgen, um direkt mit mir unter https:www.facebook.com/dragonfirepress in Kontakt zu treten.

www.ingramcontent.com/pod-product-compliance
Lightning Source LLC
Chambersburg PA
CBHW031054310726
48969CB00007B/2272